今を生きるための現代詩

渡邊十絲子

講談社現代新書

2209

目次

序章　現代詩はこわくない

現代詩とはぐれたのは、いつですか。

この本を手にとってくれた人のうち、ある人々は、「いや、はぐれてはいない。いまも日常的に詩に接している」と答えるだろう。

しかし、「むかしは詩を読んでいて、一九八〇年代ごろまでの詩人の名前は知っているけれども、今世紀に入って出版された詩集は手にとったことがない」という人は、きっとそれより多いと思う。

一九六〇年代には、出版社ではない企業の入社試験に、その年のH氏賞（詩集にあたえられる新人賞）の受賞者を選択させる問題が出ることもあったそうだ。そのころ、同時代の詩は、一般常識の一部でありえたのだろう。いまでは考えられないことである。

わたしが詩を書きはじめた一九八〇年代は、それでもまだ、詩人や詩の世界は元気だった。詩の注文は一般の新聞や雑誌からもたびたびあったし、詩集を出せば、人気のある女性ファッション誌にも書評が出た（詩を「おしゃれなもののひとつ」ととらえてくれたのだと思う）。

大企業の社内報や顧客向けのPR誌などが詩人に詩を書かせて掲載するのも、ごくふつうのことだった。そのころわたしがよく注文をうけて詩を書いたのは、女性下着のワコールや化粧品のコーセーといった企業が、小売店や百貨店で配布するためにつくっていた、月刊の小冊子である。

しかしいまでは、一般の新聞や雑誌に現代詩が載る機会は減ってしまったし、それどころか雑誌そのものがつぎつぎ消えていく時代になってしまって、みんな詩人の顔を見たことがない。

そういう環境のなかで、積極的に詩との接点を確保してきた人以外は、誰もがいつのまにか現代詩と疎遠になったのだ。

わたしが日々あたらしく会う人は、出版界かそのまわりにいる人が多い。

詩人ですと名のり初対面のあいさつをして名刺を交換して、そしてかけられる第一声が「わたしは詩はよくわかりません」。そういうことが、しばしばある。文芸雑誌の編集者にすら、そう言われたことが何度もある。そのことばは、オマエハヨソモノダと言っているようにきこえる。

それを言う人は、べつに悪意で言っているわけではないのだ。彼らの言いたいことはなんとなくわかる。

あなたの仕事が詩を書くことならば、それについてなにか言ってあげたいけれど、日ごろ詩や詩人は「遠巻きに見ている」程度なので、自分のなかに評価基準がない。たまさか一篇の詩を読んでみたところで、なんとなく好きだとかおもしろくないとか、幼児の感想みたいなことしか言えないと思うし、それは自分の知性を疑われそうでいやだ。だから、詩はよく知らない、自分の守備範囲ではないということで押しとおしてしまいたい。

たぶん彼らはそうやって身をまもっているだけなのだ。

たとえば、カメラをつくる仕事をしています、と自己紹介をしたらどうなるだろうか。そのとき、あわてて「わたしはカメラのことはまったくわかりませんから」と言われることは、まずないと思う。

写真にくわしくなくても、カメラの操作ができなくても、べつに人間性や知能まで疑われる心配はない。まして最近の新商品開発の方向性を論じあったりする能力は期待されていない。だから誰も身がまえない。へえカメラですか、夢のある仕事ですね、でもあれですか、やっぱり最近はどこもきびしい状況なんですか? なんて、ゆるい会話がここちよくつづくだろう。わたしはつくっているものがカメラでなくて詩だっただけなのだけれど、こういう幸福は、詩人にはない。

むしろ、まだ詩とまともに出会ったことのない人のほうが屈託なく興味を示してくれる。こわい表情で詩はわからないと宣言する人は、いつかどこかで現代詩とはぐれ、そのことをこころのどこかで残念に思っている人だ。

そういう人たちの「あのころ」には詩があったのだろう。たとえ自分は詩にくわしくなく、さほど興味がなかったとしても、友人の誰かが詩の雑誌を買っていたり、詩集を手にしていたりした。だからとくに注意しなくても、詩の世界がそこにあるようすはなんとなくわかっていた。ふつうの人にとってそのような「あのころ」はよい思い出にはちがいないが、思い出すと、そういう日々をうしなったことを意識してしまうのかもしれない。

もともと、日本人は詩との出会いがよくないのだと思う。

大多数の人にとって、詩との出会いは国語教科書のなかだ。はじめての体験、あたらしい魅力、感じとるべきことが身のまわりにみちあふれ、詩歌などゆっくり味わうひまのない年齢のうちに、強制的に「よいもの」「美しいもの」として詩をあたえられ、それは「読みとくべきもの」だと教えられる。そして、この行にはこういう技巧がつかってあって、それが作者のこういう感情を効果的に伝えている、などと解説される。それがおわれば理解度をテストされる。

こんな出会いで詩が好きになるわけないな、と思う。こどもの大好きな漫画だって、こんなこちこちのやり方でテクニックを解説され、「解釈」をさだめられ、学期末のテストで「作者の伝えたかったこと」を書かせられたら、みんなうんざりするにちがいない。詩を読むときの心理的ハードルは、こうして高くなるのだ。

人がなにかを突然好きになり、その魅力にひきずりこまれるとき、その対象の「意味」や「価値」を考えたりはしないものである。意味などわからないまま、ただもう格好いい、かわいい、おもしろい、目がはなせない、と思うのがあたりまえである。

詩とはそのように出会ってほしい。

日本のこころある読書人は、詩に興味をなくしたわけではない。ぱりぱりの新人の作品はともかくとして、これまでに評価され支持されてきた名作などは読みかえしてみたい気持ちもある。そこで、たとえば有名な詩人が編んだアンソロジーのようなものや、詩を一篇ずつ紹介して解説をくわえた本などを読んでみる(こういう種類の本はじつにたくさん出ている)。

しかしそこでまたあらたな悩みがうまれる。

自分にとってはむずかしくめずらしい言いまわしが並んでいる詩なのに、それらを解説する人は平然と、どんどん読みこなしていく。自分は一行一行にわからない点があるが、そんな疑問は程度が低くて相手にしてもらえないような雰囲気である。こんな詩のどこがいいんだろうと途方にくれるようなものさえ、問答無用で「いいもの」であるように紹介されているから、自分の鑑賞力のなさを反省しなければいけないような気がする。

そしてすぐに、その詩人の生い立ちだとか、その詩が書かれた背景などのほうに話がうつってしまう。詩人の人となりや時代背景を知れば、その詩のなかのことばは誰もがおなじように理解できるとでもいうのだろうか。詩を読むというのは特殊解読技能であるか、または人並みはずれた鋭い感受性を発揮しなければできないむずかしいわざで、しろうとの参入をこばむようである。

こうして人は詩との再会にもつまづく。

わたしはいつもこの点が不満であった。こういう本を読むと、詩人であるわたしにも、わからない点がたくさん残るのである。読む人によって解釈が割れそうだと思う部分もあるし、そもそもなにを言っているのか意味不明な箇所はそれよりも多い。好みにあわない詩もある。でも、解説する人はおかまいなしだ。解説する人は、自分自身の価値観や好みや用意したストーリーに沿って、どんどんその詩を「わかって」いってしまう。「わからない」点で立ちどまってはくれない。読者は孤独のなかにとりのこされる。

ほんとうは詩人だって、人の書いた詩をそんなに「わかって」なんかいないのである。それは、詩集を出した人にきいてみればわかる。

かなりはっきりとした意図があって、それをうまく表現したつもりの詩集でも、その意図をきちんと汲んで評価してもらえることは珍しい。たいていは、たとえ書評してもらえたとしても（書評をするのはほとんどの場合詩人である）、書評した人の印象にのこりやすかった詩句をもとに、その人があらかじめ用意しているいくつかの価値のカテゴリーのどこかに分類されるだけで（もしくは、やたらに感覚的・情緒的に幾重にもパラフレーズされるだけで）、詩を書いた本人としては「受けとめてもらった」感じがうすいのだ。

「解釈」ということを、いったん忘れてみてはどうだろう。

詩を読んでそのよさを味わえるということは、解釈や価値判断ができるということではない。もちろん、高度な「読み」の技術を身につけたらそれはすてきなことだが、みんながみんなそんな専門的な読者である必要はないはずだ。もっと素朴に一字一句のありさまをじっとながめて、気にいったところをくりかえし読めばいいと思う。わたしはふだん自分のたのしみのために詩を読むときは、そのように読んでいる。

日本の現代詩はとても高度に発達した表現形式だ。「こういう部分にこういう技巧をこらしているのは、世界文学のなかでも最尖端だろう」「こんな表現に行きついてしまっているのは、世界じゅうの書き手のなかでも、現在はこの詩人だけかもしれない」と思う部分すらある。だから、やさしくはない。かなりの噛みごたえがあるのはあたりまえだ。

どんな芸術分野でも、もっとも尖端的なものは、大衆的ではない。多くの人にとって、なんだか理解しにくいものであるのがふつうだ。

でも、そういう最尖端作品を味わうやり方は、ふつうの人が想像しているよりもいろいろある。その分野の批評的文脈のなかに位置づけたり、作者の思想を読みとったりすることだけとはかぎらない。

美術商が通りすがりの画廊にかかっている絵を見て「眼鏡をはずして見たほうがいい絵に見えるなあ」とつぶやく。

ファッション記者がパリコレクションを見に行き、連れに「ねえねえ、折り返しの縁《ふち》のところだけ青いの見た？　あれがかわいかったよね」と話しかける。

そういうちょっとした魅力のとっかかりは、無数にある。それはあくまでも「自分にとって」魅力があればいいので、誰にも賛同してもらえなくても、自分だけが発見したその魅力点について考えつめているうちに、もっと普遍的な「読み」に合流していく可能性がひらけている（もちろん合流しなくたっていい。これまでのどんな説ともちがう斬新な読みをうちたてて人を説得できたら最高だ。渾身の「読み」は、ときに詩を書いた本人による解釈をも更新する）。

最近わたしは、ある若い詩人の詩のなかで「こっとりと」という副詞に出会い、とりこになった。その詩は日常的な話しことばで書かれていて単語はみなやさしいけれど、全体としてはとてもむずかしい詩だ。その詩のなかで、ふつうなら「とっくりと」と書くところに「こっとりと」という見慣れないことばが使われていたのである。なぜ「こっとりと」なのだろうか。そのわけを考えつづけているうちに、その詩人が独特の視線でじっと見すえている「ものの手ざわり」が、少しだけわたしにもわかりはじめた気がした。それは、わかりにくかった詩をわかっていくときの第一歩だ。

詩を読むとは、そういうたのしい手間ひまのことを言うのである。

この本は、これまでに書かれた詩の紹介書とは性質がちがう。

引用した詩の解読をめざしていない。その詩を、大きな詩の潮流のどこかに位置づけることもめざしていない（だから、現代詩の「これまでのあらすじ」を知りたい人は、べつの本をさがしてください）。

ここには、そもそもわたし自身がよくわかっていない詩ばかりを引用した。わかったと思う部分については気をよくしておおいに書いたが、来年の自分がおなじように読むかどうかはわからない。これはあくまでも中間報告だ。

むしろ、わからなかったこと、読みとれなかったこと、読みまちがえたことを書きおとさないように、自分の人生のおりおりに詩がどうかかわってきたかを書いた。

はじめの章ではわたしは13歳で、教科書の詩がわからなくて茫然としている。章が進むにつれて成長はしていくが、やっぱりどこかで茫然としつづけていると思う。個人史に沿って書いたのは、これはあくまでも「個別の実例」であって、「このように読むのが正解という手本」ではないことを示したかったからだ。

時間をかけて詩を愛しさえすれば、読者はかならずわたしよりもずっといい読みにたどりつくだろう。自分の人生にひきつけて味わうことも、未知の感情を体験してみることも、思いのままだ。現代詩にはそれだけの力がある。

日本のマスコミは、ここ二三十年、「やさしくて伝わりやすいのが善、むずかしくてわかりにくいのは悪」という洗脳を、総力をあげておしすすめてきた。だから、自分が洗脳されていることに気づかないまま、「ぱっと見て意味がわからない詩なんて存在価値がない」と言いきってしまう単純な人もいる。これも現代詩への逆風のひとつだ。

ちょっと考えてみれば、「むずかしい」は「やさしい」より確実におもしろくてたのしいことがわかる。

自転車は補助輪をつけて乗れればじゅうぶんだと考える少年がどこにいるだろう。みんな、ころんでころんで、ひざをすりむいてべそをかきながら、それでも自転車に乗ろうとしつづけるのだ。乗れたらたのしいから、ただそれだけの理由で。手をはなして乗れたらもっと自由になれるし、たくさん重ねたせいろそばを肩にかついで乗れたら、さらに上等な自分になれる。

麻雀ができるのにババ抜きで徹夜しようという大人もいない。ババ抜きには勝負のあやも心理戦も、だれかをはめたりけおとしたりする策謀もない。人は智恵のかぎりをつくして誰かをうち負かすのがたのしいのだ。そんな快感を味わうためなら、複雑でめんどうな点数計算さえ、いつのまにかおぼえる。算数が大きらいだった人でさえ、すすんでおぼえるのだ。

世界の名作小説のこども向けダイジェストは、みな気のぬけたサイダーみたいにつまらない。ダイジェストの技術が稚拙だからではなく、レベルをおとして改変したものはすべてつまらないのである。

現代詩はむずかしい。でも、むずかしいからおもしろいのだ。

みなさん、人に強いられて詩を解読したつまらない体験は忘れましょう。

人がいいという詩がぜんぜんよく思えないことは、詩人にもあります。いいと思えるものを見つけて、好きなだけ時間をかけて読んでください。そして、現代詩と和解してください。

第1章　教科書のなかの詩

谷川俊太郎のことば

あなたは国語科の先生である。

いま、中学二年生の教室で、黒板の前に立っている。

窓の外では、春の強い風が葉桜を揺すっている。あたらしい年度ははじまったばかりだ。中学校に入ってはじめてのクラス替えを経験した生徒たちは、まだ今年のクラスになじまず、そわそわしている。

国語教科書の最初の単元は、詩である。

そこにある詩を、あなたはまず生徒に朗読させるだろう。

そして、そのつぎに、あなたはなにから話しはじめるだろうか。

生きる　　谷川俊太郎

生きているということ
いま生きているということ
それはのどがかわくということ

木《こ》もれ陽《び》がまぶしいということ
ふっとあるメロディを思いだすということ
くしゃみすること
あなたと手をつなぐこと

生きているということ
いま生きているということ
それはミニスカート
それはプラネタリウム
それはヨハン＝シュトラウス
それはピカソ
それはアルプス
すべての美しいものに出あうということ
そして
かくされた悪を注意深くこばむこと

生きているということ
いま生きているということ
泣けるということ
笑えるということ
怒れるということ
自由ということ

生きているということ
いま生きているということ
いま遠くで犬がほえるということ
いま地球が回っているということ
いまどこかで産声《うぶごえ》があがるということ
いまどこかで兵士が傷つくということ
いまぶらんこがゆれているということ
いまいまが過ぎてゆくこと

生きているということ
いま生きているということ
鳥ははばたくということ
海はとどろくということ
かたつむりははうということ
人は愛するということ
あなたの手のぬくみ
いのちということ

一九七一年　詩集『うつむく青年』

13歳のわたしは格闘していた。
教室のなかで。
国語の教科書を机のうえにひろげて。
そこにあったこの詩が、のみこめなかったから。

わたしは小学生のころから詩が好きだった。

詩を読んで、日常生活では味わったことのない感情にこころがふるえることが不思議でこわかった。たましいをわしづかみにされるようなこころの激震を、くりかえし実験のように再現して味わうのが好きだった。そしてそれらの詩を、意味もわからないままにノートに書きうつすことに熱中した。理解ぬきで筆写するのだから、ほとんど呪術の領域である。わたしにとって詩は、危険なあこがれの対象だった。

でも、この詩はちがっていた。こころがふるえなかった。危険ではなかった。危険でないということは、魅了されないということである。なぜそうなのか、13歳のわたしには見当もつかなかった。

国語の先生は、詩のなかの「ヨハン＝シュトラウス」や「ピカソ」といった単語につけられたかんたんな脚注を読みあげたあと、さらにくわしく解説してくれた。ヨハン＝シュトラウスがどんなワルツを作曲したか、ピカソがどんな絵を描いた人なのか。それでもなお、ヨハン＝シュトラウスにもピカソにもなんのイメージもわかなかった。どこか遠い国の、知らない人であった。

13歳のわたしにとって「音楽」とは自分の好きな音楽のことであり、「絵画」もおなじく自分のいいと思う絵のことでしかなかった。

先生はつづいて、「木もれ陽」や「こばむ」といったことばを辞書でしらべるようにと言った。だからわたしも、あたらしい同級生たちとおなじように辞書をめくるふりをしたが、それらのことばの意味はすでになんとなくわかっていたし、あらためて辞書をひいてはっきりさせたいとも思っていなかった。そのときわたしは、ほかのことで頭がいっぱいだったのだ。

この詩にこころがふるえない自分が不可解だった。

この詩がとるにたりない詩であって、詩のほうにわたしを魅了する力がないとは考えられなかった。なぜならこれは、『中学校国語二』という教科書の、最初の単元の冒頭に掲載されている詩だからだ。詩を読む力だって抜群にすぐれているはずのどこかのえらい先生たちが「生きる」をいい詩だと思わなかったら、ここにこのように掲載されているわけはない。はっきりとことばでそんな理屈を考える能力はなかったが、漠然とそう感じたのである。

ならば、日ごろ詩が好きで詩のよさを感じることができていたはずの自分のほうに、この詩のよさをわかる力がなかったということになる。

このとき味わった疎外感は重く、いやな感じのものだった。

授業のつづきはほとんどうわのそらできき流してしまった。

わたしは自分のこころと格闘していた。

でも、自分自身と正式な格闘をはじめるには、わたしはまだ幼すぎた。だからやつあたりのように教科書をにくんだ。国語なんてつまらないと思った。


この詩にこころがふるえなかった理由を、いまならことばにして考えることができる。

この詩は、詩に出会いたての中学生の理解力で「こなせる」ほど手軽な詩ではないのである。それどころか、詩の初心者であるこどもにあたえるのにもっとも向かないタイプの詩だと思う。

その理由は、ヨハン＝シュトラウスやピカソに代表されるような「おとなの一般常識」をあてにしなければ、この詩は読む人に伝わらないからである。

だから国語の先生は、まず一般常識を生徒におしえこむところからはじめなければならなかった。そしてそれが、無知な中学生にとってかんたんな確認ではすまないボリュームのある作業であったゆえに、この詩の授業のほとんどの時間を「一般常識をおしえこむ」ことについやすような時間的構成を強いられていた。

詩そのものをそっちのけにして一般常識を講義することはそれだけで本末転倒だが、もっといえば、ピカソの道化師の絵や「ゲルニカ」を見せたり、ヨハン＝シュトラウスの作曲したワルツを聞かせたりしただけでは、まだこの詩を味わうところまで到達できない。ピカソが二十世紀の美術にどんなインパクトをあたえたか、ヨハン＝シュトラウスの作曲したワルツやポルカが現代のわれわれの暮らしのなかにどれくらい響いているものか。つまり彼らが人類にとって魅力的な、すてきな存在だということの了解が（たとえぼんやりとでも）なければ、この詩のなかの「ピカソ」「ヨハン＝シュトラウス」ということばは「読めない」のである。

また、おとなならば誰でも思い浮かべられる「産声があがる」ことや「兵士が傷つく」ことの映像的イメージ（から出発し、人類共通の、ぼんやりした感情的リアリティーに行きつくもの）にも、この詩はかなりの部分をたよっている。体験がとぼしく教養もないこどもに、このイメージをいますぐに共有しろと言っても無理である。

つまり13歳のわたしは、この「生きる」という詩にこめられたリアリティーをまったく感じることができなかったため、わたしにとってこの詩はうすっぺらなことばの羅列にしか見えなかった、というのが真相だと思う。

これは生徒にとっても、この詩にとっても、たいへん不幸なことだ。

この詩が中学校の国語の教材として採用されたのは、教科書をつくった人たちが、「この詩は平易なことばで書かれている」という表面的な特徴しか見ていなかったせいだ。平易なことばで書かれているからつまり「わかりやすい」(詩の初心者である中学生にも読める)というのは、うかつな誤解である。

この誤解は、おとなにならないうちにこういうおとな向けの詩を読まされてつまらない思いをし、自分は詩には縁のない人間だと思いこまされるほとんどの日本人を不幸にしている。もちろん、この詩を書いた谷川俊太郎も不幸である。無知な中学生にヨハン＝シュトラウスやピカソの存在を知らせ、その偉大さをわからせるために書いた詩ではないのだ。詩の用途がまちがっている。

「生きる」は日常的な語彙や文法のなかでことばを使っている。だから表面的には、「伝わらない」「理解できない」ことばはこの詩のなかには存在しない。不注意なおとながぱっと見たかぎりでは「わかりやすい」詩だと思えてしまう。

しかしそれは、生まれたての赤ん坊があげる産声を、その脂まみれの赤い身体や、不器用にもがくほそい手足や、なぜかはわからないが確実に人を微笑させるそのいたいけな存在感などの、こころにしみるような実感とともに想起できる人が読むということが前提になってはじめて成立する「わかりやすさ」である。宇宙人が自動翻訳機でこの詩を読んでも、こういうリアリティーはひとつも伝わらないだろう。そして、13歳のこどもなんて、宇宙人と大差ない存在なのだ。

「生きる」は、産声や傷つく兵士や、ヨハン＝シュトラウスやピカソの「存在感」を、読む人のなかに要求するタイプの詩だ。人はこの詩を読むとき、かたつむりのはう映像的イメージや、好きな人と手をつないだときにこころのなかにわきあがる複雑な「感じ」を思いださずにはいられない。それはこの詩が「感じ」を思いださせるように書かれているからである。そういうふうに書かれているからこそ、自分自身の生の実感をひとつひとつ想起し、たどってきた読者にとって、最終行の〈いのちということ〉が格別にこころに響くのだ。これは詰将棋のように読む人のこころを誘導する、緻密に計算された詩なのである。

ところが、これら「地球的な生の実感」を経験したことのない宇宙人は、そうした道筋をたどれない。イメージを共有できない読者はこの詩から疎外される。13歳のわたしは、まさにそうした宇宙人だった。

しかし考えてみれば、ゆたかな体験をもった13歳など、どこにいるだろうか。彼らはまだなにも知らないのだ。彼らにあるのはただ無限に思えるほどの空白の未来だけなのであって、それにくらべれば感情をこめて想起すべき過去などじつにちっぽけなものだ。そうした人間に谷川俊太郎「生きる」のようなおとな向けの詩を教材としてあたえるというのは、ずいぶん乱暴なやり方ではないか。

要するにこの「生きる」という詩は、「知的世界の一般常識」を作者谷川俊太郎とわかちあえる読者だけに供された「おとな向けのおしゃれな小品」なのである。ああしゃれているな、スマートだなと感心するためのものだ。正面きって批評や鑑賞をすべきタイプの「本格派の詩」でもないし、ましてこどもの国語科の教材にするようなものではない。

たしかに詩のなかには、「生の実感」を読む人に想起させ、「ああ、いかにも『いのち』とはこういうことだなあ」というリアリティーを感じさせるタイプのものが多い。

たとえば馬について書かれた詩だとすると、馬の体温や手触り、躍動する走りやこまかいしぐさ、目や耳の動きだとか、におい、重量感、などなどの具体的な感覚描写をとおして、「この詩に書かれた馬は、いかにも馬である」と感じられるような詩だ（そして詩にしたしんでいない多くの人にとっては、そういう「自分がすでに知っている感覚の再現」をしてくれるものだけが「詩」なのかもしれない）。

そうした詩は、読む人がもっている「馬」体験やそのイメージに照らして、その詩の（馬にかんする）イメージ喚起力や再現力を味わう、という鑑賞方法で読む詩であって、読む人のなかにすでに存在する体験や感情をひっぱりだしてくれるという意味ではたいへんな力を発揮するけれども、そもそも馬を見たことのない人のこころには響かない。

しかし、詩というもののなかには、こうした「実感の再現」とはまったく性質のちがうことばで書かれたものもある。そして、わたしがひかれたのはそちらがわの詩、つまり「実感の再現」などとはほとんど無関係の詩なのだった。


たとえば、こんな短歌がある。

馬が出てくる。

しかしこの短歌は馬の具体的な馬らしさなどひとつも描いていない。そこに注目して読んでみてほしい。

馬を洗はば馬のたましひ冱ゆるまで人戀はば人あやむるこころ　塚本邦雄
馬を洗うというのは、たんに馬のからだをこすったり流したりするというようなことではない、その馬のたましいが冴えるまでに洗うのである、といっている。

「冴える」というのは、ものの輪郭や色彩がことのほかあざやかにくっきりとすることである。または俳句の季語として使われる場合のように、ひえびえと凍りつくようにきびしい寒さを表現することばでもある。

そして人を恋う感情というものは、その感情がほんものであるかぎり、相手を殺めるところまで行きつく情熱である。潔癖というか極端というか、いずれにせよあいまいさを嫌う若いこころのいらだちのようなものが鮮明に感じられて、秀歌だと思う。

この歌は馬を見たり触ったりした実感をいきいきと伝えるタイプの歌ではない。「生きている馬の実感」はここにはまったくなく、実際の馬を描写しているとはとても思えない。むしろこの短歌のなかの「馬」と「人」は、「馬一般」「人一般」という概念を言っていると考えたほうがよい。

この歌の作者である塚本邦雄は、小説家の三島由紀夫に「よくあんな歌が詠めますね」と褒められた体験を話しながら「私は馬に触ったことも近寄ったことも全然ありません」「見なくっても触らなくっても歌ってものは詠める」と発言したそうだ。

歌人であると同時にすぐれた評論家でもある穂村弘は、この短歌について「見て触ったように」詠めているとは思えず、むしろアフォリズムを連想させると言う。つまり、馬という具体的な存在の実感を描写したものではない、ということだ。

〈例えば「実感の表現」と云うとき、「実感」のもとになった現実世界における体験が、常にその表現に先立って存在していることになる。つまり「実感の表現」とは事実上の「再現」であって、表現の根拠を過去に置いている。

それに対して塚本的な「何か」は、自らの表現が未来と響き合うことを期待している、とでも云えばいいだろうか。ここで云う未来とは過去の反対語としてのそれではなく、現実を統べる直線的な時間の流れからの逸脱そのものであるような幻の時である。〉

（穂村弘『短歌の友人』河出文庫より）

さきほどから述べてきた「読者のなかにすでにある体験や感情をひっぱりだしてくる力」は、ひとことでいえば「再現力」なのである。

谷川俊太郎「生きる」は、ヨハン＝シュトラウスやピカソの絵について具体的に実感をこめた描写をしているわけではないのだが、しかし読者に「あれあれ、あのすてきな作品ですよ。知っているでしょう」と言うことで、了解と再現をうながしている。だから、まだヨハン＝シュトラウスやピカソの価値を一度も実感したことのない読者にとっては、「生きる」という詩はさっぱり理解できない詩になってしまうのである。

塚本邦雄の短歌のように、「馬の馬らしさを再現するタイプのものではない」表現が、現代詩にもある。目指しているものも、ことばの性質も、そして読むときの鑑賞方法も、再現タイプのものとはちがう。まったく別種の表現物といってもいいほどだ。

それを穂村弘は、幻の時としての未来と響きあう表現だと言った。まだ過去になにものをもたない中学生が、いっぽうで無限にもっている財産であるところの、空白の未来とおなじものである。

13歳のわたしが、意味もわからないままにただこころをうたれ、なにものかに駆りたてられるように感情をはげしく波うたせながらノートに筆写していたのは、たとえばこういう詩だった。

沈黙の部屋　　谷川俊太郎

四方は白いしつくい壁にとりかこまれている。壁は最近塗られたばかりのように新しいが、実はもう何世紀も前に塗られたのである。ただ、ここに住んだ人々が、何も家具をもちこまなかつたし、時には呼吸すらごくひつそりとくり返すにすぎなかつたので、(もちろん火を焚くことなど、思いもよらなかつた。)白い壁は汚れることも、煤けることもなく、いつまでも新しく見えるのである。白いしつくい壁の或る一面に、(何故或る一面になどと、曖昧な云いかたをするのかというと、ここには窓がないので、方位を決定することができないのだ。) 一枚の扉がかかつている。この扉は非常に写実的に描かれた一枚の絵にすぎない。つまりこの扉を開けても、そこには白いしつくい壁があるだけなのだ。そのかわり天井は非常に高い。高いけれどそれは上に行くにしたがつてせばまつていて、丁度鋭い立方錐の内側のようになつている。その頂上は非常に狭く、おそらくヘアーピンを用いなければ掃除することはできないだろう。天井は壁と同じように白いしつくいで塗られているが、もちろんそこにも埃はおろかしみひとつない。

床は石でできている。地殻に直接つながる花崗岩を平に磨きあげたものである。だがそれは、今や厳密には平とは云えない。何世紀にもわたる沢山の人々の足が、（木靴や、ぞうりや、鋲を打つた靴や、はだしが）床をすり減らしてしまつたのだ。床は真中が最も低くすり減つている。これは人々の多くが、部屋の中心にいることを望んだ証拠であつて、よく見るとそこにはごく僅かではあるが、血痕が付着している。

一九六二年　現代日本詩集5『21』

ここに描かれているのは、現実世界に生きているわれわれ人間の具体的体験ではありえない。何世紀にもわたってこんな部屋にとじこめられて暮らすことは当然不可能だし、語り手の視点も、現実には存在しない架空の座標のようである。だからこれはシュルレアリスムと呼ばれるものだ。

地面の石を床とし、高い壁に四方を囲まれて窓も扉もない、立方錐の内側のような密室という仮想空間。それを体験した人はひとりも存在しないのだから、この詩がおこなっていることは「読者の内部にあらかじめある体験の想起と、実感の再現」でないことはあきらかだ。

しかしこれこそが、過去に体験した「生の実感」を想起するように要求されてもなんの手持ちもなく茫然と立ちつくしていた13歳をこばまない、未来さえあれば読める詩なのだった。

この詩はわたしの感情をはげしく揺さぶった。ひとつひとつの単語が清潔にかがやいていて、ことばのトーンが詩のすみずみまで注意深く統一されていて、だから全体の手ざわりがつるつるで、しかし描きだされている場面は不気味であった。遠近法のゆがんだ、おそろしい絵画のようだった。

ことばの姿かたちが、その背後にいる詩人のたくらみをきれいに映しだしていた。つまり、この詩を書いた人が、現実にはありえない場所や光景のリアリティーをこしらえてしまったという魔術をわたしは感じたのである。

もちろん、そんなことはおとなになってから考えたことであって、13歳のわたしはただあまりの格好よさに呼吸をするのもわすれて見とれていただけだ。この詩の意味なんて考えたこともなかったし、考えたってなにもわかりはしなかった。

わたしは感動していたといってもいい。でも、刺激されていたのは過去に経験した感情ではなくて、それまでいちども味わったことのない、未知の感情だった。わたしは詩によって、あたらしい感情を体験させせられていたのだ。

ここに書かれていることばは、いまは照合すべき実体のない呪文だが、やがてわたしの未来のどこかで、なにかとちゃんと「響きあう」。その予感が、わたしのからだをいっぱいに満たしていたのだった。


谷川俊太郎の詩「沈黙の部屋」は、わたしを圧倒した。

そのとき、わたしのなかに、現代詩というもののイメージができた。

現代詩は、世の中にすでに実在していてみんながよく知っている「もの」や「こと」を、わざわざことば数をふやし、凝った言い方で表現しようとするものではない。まして人生訓をふくんだ寓話のようなものではない。

そのように詩を読むことは、詩のもっている力のほとんどの部分を使わずに捨ててしまうようなもったいない読み方だと思った。

まだ中学生だったわたしには、こんなことを順序だてて考えてみる力がなかった。だから、たとえば人生の哀歓や自然の美を華麗な技巧でうたいあげたような詩を、わたしはただ嫌った。それしか自分の信念の表しようがなかったのだ。

一般に人は、実力が足りないときには、対象を否定することしかできない。肯定や受容は、否定の数十倍のエネルギーを必要とするものだと思う。だから小さいこどもは、新しく接する未知のものを否定ばかりしている。いま自分が、好きではない詩を否定するやりかたではなく、好きになった詩を肯定することばを書けるのは、つまり、おとなになったということである。

詩とは、ただ純粋な「ことば」である。

文字という形で記録され、不特定の誰かに読まれる、用途の決められない存在である。それは、日常の秩序にゆさぶりをかけ、わたしたちの意識に未体験の局面をもたらす、ただそのような作用をすればじゅうぶんなものだ。

もちろん13歳のわたしにそんなことは説明できなかった。説明できないけれど胸にずっしりと感じていた。

人間社会の秩序からみれば意味や価値のないことを考えたり、ひととはちがうことをしたりすることは、じつはみんなが思っているよりもずっとずっと大事なことだ。そう言いたかったのは、自分が意味のないことばかり考え、ひととおなじに行動できない問題児だったから、そんな自分を弁護したかったのだと思う。そして「沈黙の部屋」という詩は、そのときの気持ちにぴったり沿った詩だった。

「沈黙の部屋」という詩をみつけたのは、もちろん教科書のなかではない。教科書に載っている詩は好きになれないものばかりで、詩の授業はまったくおもしろくなかった。

教科書は、詩というものを、作者の感動や思想を伝達する媒体としか見ていないようだった。だから教室では、その詩に出てくるむずかしいことばを辞書でしらべ、修辞的な技巧を説明し、「この詩で作者が言いたかったこと」を言い当てることを目標とする。国語の授業においては、詩を読む人はいつも、作者のこころのなかを言い当て、それにじょうずに共感することを求められている。

そんなことが大事だとはどうしても思えなかった。あらかじめ作者のこころのなかに用意されていた考えを、決められた約束事にしたがって手際よく解読することなどに魅力はない。わたしはもっとスリルのある、もっとなまなましい、もっと人間的な詩をもとめていた。

わたしの思う「なまなましくて人間的」な表現は、たとえば書である。

書の作品を前にしたとき、筆を持って紙のうえにその文字を書いた人の肉体の躍動や呼吸が、作品を見ている自分の肉体に実感をもって再現される。「こう書こうというプランの機械的な達成」ではなく、「結果としてこんなかたちを書きつけることになってしまった（失敗かもしれないし意味がないかもしれない）肉体と精神の運動の記録」であるからこそ、書は魅力的なのだ。

歌もそうだ。一分の隙もなく楽譜に指示されているとおりに歌を歌えたとしても、それが人のこころを動かすことに直接はつながらない。たとえ技巧はへたであっても、楽譜どおりに歌えていなくても、その「理想とのずれ」には意味がある。息継ぎやため息のようなノイズにさえ魅力はある。歌っているのはたしかに人間であって、「こう歌おうというプランの機械的な達成」ではないことを感じとらせるからだ。

人間が万能であったら、芸術はうまれないと思う。ひとは完璧をめざして達成できず、理想の道筋を思いえがいてそれを踏みはずす。その失敗のありさまや踏みはずし方が、すなわち芸術ということなのではないだろうか。

失敗は失敗だけれども「こんなところまで攻めることができた」。それを感じて、われわれ人間は芸術に感動するのではないか。その感動は、一流のスポーツ競技者を見るときの感動とまったくおなじものであると、わたしには感じられる。

詩もそんな試みであってほしかった。あらかじめ伝えたい内容が決まっていて、それを過不足なく読む人にわからせるのは、詩の使命ではないと思った。

国語の教科書によって道に迷ってしまったこころが、じきに居場所をみつけたのは、じつに幸運なことだった。

わたしは自分が読むべきものをさがしていた。なにをさがしているのかはわからないまま、ただださがした。少しずつ百円玉をためながら大きな書店を見てまわり、何か月かののちにわたしはほしかったものを見つけて買った。

思潮社から一九六五年に発行された『谷川俊太郎詩集』。

わたしが手にしたのは一九七七年の第十刷だ。グレーのボール紙の函に入れられた厚みのある詩集には、『二十億光年の孤独』『六十二のソネット』『愛について』『絵本』『愛のパンセ』『あなたに』『21』のすべての詩と未刊詩篇がおさめられている。一九六〇年ぐらいまでの全詩集である。

粟津潔のデザインが格好よかった。装幀も、本文の組みも、いま見てもモダンで切れ味がある。本文は、詩をページの下半分に配置して、上半分はすべて余白にしてあるのが、ことばの重みを視覚的に演出していて印象的である。こういう組み方は、いまにいたるまで自分の好みにつよい影響をあたえている。

「沈黙の部屋」はこの詩集のなかでもっとも目をうばわれた詩のひとつだが、そのほかにもこの全詩集には、それまでに見たことのないようなことばがぎっしり詰まっていた。なかには「生きる」というタイトルの詩もあったが、それは教科書の「生きる」とはまったく別の短い詩で、教科書の詩よりもよほど魅力的だった。

七百ページを超えるこの詩集をはじめてぱらぱらとめくってみたとき、もっとも衝撃的だった詩は、次のようなものだ。まったく意味がわからなくて、でも鋭く光っていて、密度があった。このことばの格好よさをじっと味わっていると、意味がわからないことなどはまったく気にならなかった。

25　世界の中で私が身動きする＝230
26　ひとが私に向かつて歩いてくる＝232
27　地球は火の子供で身重だ＝234
28　眠ろうとすると＝236
29　私は思い出をひき写している＝238

読者はすでにお気づきであろう。

これは、じつは目次の一部分だ。大きな本なので目次だけでもかなり長いが、そのうち『六十二のソネット』という詩集の部分なのである。

そのことに気づいたのがいつだったかおぼえていないが、何週間か、何か月かは経過したあとのことだったと思う。当時は、本には目次というものがあるという基本的なことさえわかっていなかったかもしれない。

これが目次だと気づけば、ここに存在していた「詩」は消えてなくなるが、それまでのかぎられた幸福な時間、きわめて前衛的な詩として、わたしはここに書かれたことばを読んだのだった。誤読と呼ぶのも美化しすぎで、たんなるこどもの勘違いだが、少なくともわたしのこころのなかに、ほんものの詩篇とおなじかそれ以上の感銘を、この詩（でないもの）はあたえたのである。

これは、長いあいだたんなる「恥ずかしい勘違い」の記憶であり、自分はなぜ、誰にでもわかるようなあたりまえのことがあたりまえに理解できないのだろうという劣等感のもとにもなっていたが、最近になってちょっと感じ方がかわり、この体験にはそれなりに意味があったと思うようになった。そのときのわたしにとっての「詩」が、ここにはあったということだ。ひとはまぼろしをこしらえてでも、自分が見たいと思っているものを目にしてしまう生き物なのだ。ここには、教科書に載る詩にはけっしてない謎と興奮が確実に存在していた。わたしは酔ったようにそれにひきつけられ、くりかえしくりかえしそれを読んでいた。

〈私があまりに光をみつめたので／私は私の中へ帰つてゆく／私が生きたら／雲はあふれて自分を捨てる〉。

そのときのわたしにとっては、これは詩以外のなにものでもなかった。いや、現在でも、これらの行を目次ではなく一篇の詩としてとらえる感じ方は、わたしのなかにちゃんとのこっている。でも、これが目次だと気づく前のあの衝撃は、もっとずっと鮮烈なものだった。

なんて自由なんだろう。ことばに番号をふるなんて！

言いかけて途中でやめてしまうなんて！

なによりも、主語や述語や修飾語のかみあった、きちんとした文じゃないものを印刷してみんなに見せるなんて！

「作者の伝えたかったこと」なんて、ここにはないのだ！

なくていいのだ！

第2章　わからなさの価値

黒田喜夫、入沢康夫のことば

自分が好きな詩と好きではない詩とのちがいについて、わたしはまだはっきりとした説明はできなかった。でも、教科書に載っている詩と自分との相性のわるさには気がついたのだと思う。

14歳になって、わたしは教科書以外のところで詩をさがしはじめた。『谷川俊太郎詩集』は偶然にめぐりあったようなもので（でも大きな出会いだった。その後三十数年が経過しても、わたしはこの詩集を宝物としてもっている）、無知な中学生が書店をふらふら徘徊していれば好きな詩集にめぐりあえるというわけではなかった。

ほかに本のたくさんあるところを思いつかなかったので、中学校の図書委員会に入って、図書室のなかで詩をさがすことにした。

図書委員はそれぞれ決められた曜日の昼休みと放課後、カウンターのなかに入って貸出の手続きをしたり、裏の準備室で本の修繕をしたりするのが仕事だが、そんなに忙しくはないので好きなだけ本が読めるのがよかった。委員はみんな大量に本を読む人たちで、一般の生徒たちに貸し出すだけでなく、自分でもたくさん本を借りて帰るのだった。どんな本が好きなのと上級生にきかれて、わたしは詩のことは言いだせなかった。

図書室は校舎のはじにある薄暗い一室で、黄色い西日だけは強烈にさしこんだ。蔵書はそれほど多くなく、詩集は中学生向けに編集されたアンソロジーのようなものがいくつかあるきりだった。そのほかに、詩人が詩の読み方や書き方を教えるといったような本があったが、そういうものは教科書的な「平易なことばで書かれた詩」しかとりあげないので、さしあたってわたしの関心の外だった。

手順よくめあての本をさがしだすなどという芸当は当時のわたしにはできなかったが、それでもめざすものはやがてみつかった。

おそらくは全国の学校図書館にあったにちがいない文学全集がわたしの中学校にもあり、当時としては非常に斬新な編集だったのかもしれないその文学全集は、若くあたらしい書き手の作品も積極的に収録していた。ぜんぶで何巻あったか記憶にないが、さいごの二冊が「日本の詩」であって、そこには見たこともないような詩が三段組みでぎっしり収録されていた。

日本の、現代の非定型詩がそこには並べられていた。深尾須磨子や萩原恭次郎といった名前を、生まれてはじめて見た。どれも強烈な印象で、何年経っても忘れられない。教科書の詩との最大のちがいは、それらの詩はおおむね暗く苦しい単語ばかりで書かれていたことだった。

血。病。

絶望。死。腐敗。

こわさを感じさせることばで構成されていたひとつひとつの詩に、それぞれの衝撃をわたしはおぼえたのだが、わたしはこわがっていたというよりはむしろ解放されていた。そこにあったどの詩も、自然の美ややさしい情緒なんかうたってはいなかった。「人間らしいこの感情はあなたにもおぼえがあるでしょう」といって、おぼえのないわたしを仲間はずれにするようなこともしなかった。そのことにわたしの気持ちははげまされた。

こういう詩なら、だれもわたしに「作者の伝えたいこと」なんか問わない。作者の感動がどこにあるか発見させて、その気持ちに共感するように強制もしない。

そこにあった詩はみな、もっとずっとクールなものだった。手垢のついたありきたりの情緒にわたしをはめこむような、こずるいものではなかった。

つぎに引用するのは、この本のなかでまず目につき、好きになった詩だ。長い詩だが、登場するものはごく少数である。

蚕、老婆、青菜、産業道路。

中学生のわたしだって、それらをちゃんと知っていた。だからわたしはこの詩を止まらずに読んでいくことができたのである。

毒虫飼育　　黒田喜夫《きお》

アパートの四畳半で
おふくろが変なことを始めた
おまえもやっと職につけたし三十年ぶりに蚕を飼うよ
それから青菜を刻んで笊に入れた
桑がないからね
だけど卵はとっておいたのだよ
おまえが生まれた年の晩秋蚕だよ
行李の底から砂粒のようなものをとりだして笊に入れ
その前に坐りこんだ
おまえも職につけたし三十年ぶりに蚕を飼うよ
朝でかけるときみると
砂粒のようなものは微動もしなかったが
ほら　じき生まれるよ

夕方帰ってきてドアをあけると首をふりむけざま
ほら　生まれるところだよ
ぼくは努めてやさしく
明日きっとうまくゆく今日はもう寝なさい
だがひとところに目をすえたまま
夜あかしするつもりらしい
ぼくは夢をみたその夜
七月の強烈な光に灼かれる代赭色の道
道の両側に渋色に燃えあがる桑木群を
桑の木から微かに音をひきながら無数に死んだ蚕が降っている
朝でかけるときのぞくと
砂粒のようなものは
よわく匂って腐敗をていしてるらしいが
ほら今日誕生で忙しくなるよ
おまえ帰りに市場にまわって桑の葉を探してみておくれ
ぼくは歩いていて不意に脚がとまった

汚れた産業道路並木によりかかった
七十年生きて失くした一反歩の桑畑にまだ憑かれてるこれは何だ
白髪に包まれた小さな頭蓋のなかに開かれている土地は本当に幻か
この幻の土地にぼくの幻のトラクタアは走っていないのか
だが今夜はどこかの国のコルホーズの話でもして静かに眠らせよう
幻の蚕は運河に捨てよう
それでもぼくはこまつ菜の束を買って帰ったのだが
ドアの前でぎくりと想った
じじつ蚕が生まれてはしないか
波のような咀嚼音をたてて
痩せたおふくろの躰をいま喰いつくしてるのではないか
ひととびにドアをあけたが
ふりむいたのは嬉しげに笑いかけてきた顔
ほら　やっと生れたよ
笊を抱いてよってきた
すでにこぼれた一寸ばかりの虫がてんてん座敷を這っている

尺取虫だ
いや土色の肌は似てるが脈動する背に生えている棘状のものが異様だ
三十年秘められてきた妄執の突然変異か
刺されたら半時間で絶命するという近東沙漠の植物に湧くジヒギトリに酷似して
　いる
触れたときの恐怖を想ってこわばったが
もういうべきだ
えたいしれない嗚咽をかんじながら
おかあさん革命は遠く去りました
革命は遠い沙漠の国だけです
この虫は蚕じゃない
この虫は見たこともない
だが嬉しげに笑う鬢のあたりに虫が這っている
肩にまつわって蠢いている
そのまま迫ってきて
革命ってなんだえ

またおまえの夢が戻ってきたのかえ
それより早くその葉を刻んでおくれ
ぼくは無言で立ちつくし
それから足指に数匹の虫がとりつくのをかんじたが
脚は動かない
けいれんする両手で青菜をちぎり始めた

一九五九年　詩集『不安と遊撃』

こんなに危険な魅力をもった詩があるのか、という衝撃がはじめにきた。詩は、うつくしい風景や生き物や、人間の情緒のひだや、そういうきれいなものを描かなくてもいいのだという発見。

それからじわじわと、この詩のことばは自分にも「読める」ことに感激した。読めるので、くりかえし読んだ。うれしかった。

ヨハン＝シュトラウスやピカソにはなんのイメージもわかなくても、青菜や蚕やうれしそうに笑う老婆は、わたしのこころにきちんと像をむすんだのである。

そのときの自分にこの詩がちゃんと読めていたとは思わないが、それでも一瞬のうちに、この詩はわたしにとって大切なものになった。そのときことばにして説明できなかったことを、いまあらためてことばにしてみたい。

この詩の登場人物は、年老いた母とその息子、ふたりだけである。母のほうはあきらかに狂気の領域にあり、息子は現実世界に棲んでいる。母は失くした一反歩の桑畑に三十年間とりつかれたままだが、これは土地にむすびつき、大地のめぐみをよりどころにして生きる、伝統的な農民の意識だ。ふるい秩序のなかに存在している人と言ってもいいだろう。いっぽうの息子はかつて母親に革命の夢を話したこともあるらしく、これはあたらしい時代のあたらしい価値と秩序をもとめる人物と考えられる。

ふるい秩序を体現する親と、あたらしい秩序を模索する子の構図は、そのままではありきたりだが、ここではまがまがしい突然変異の蚕をきっかけにして、両者の性質がいっぺんに逆転している。

老いた母はあっというまに、見たこともない新しい蚕に自分のすべてを賭けてしまい(未知への跳躍である)、息子はかつては自分が夢みたはずの革命を、母にむかっては「遠い沙漠のことだ」などと言いはじめ、なんとか母を既存の秩序のなかにとりもどそうとする。母と息子のことばは会話であって会話でなく、母は息子の言い分などにいっさい耳をかさない。母のほうが絶対の強度をもっているのに対し、息子は蚕を運河に捨てようと思い決めながらも言いわけのように青菜を買って帰ったりして、母よりも強い態度を示すことができない。

この奇妙な転倒状態とことばの通じなさは、悪夢を思わせる。すなおな対立ではなくて、自分の立脚点が揺れうごき、どちらに進むのが自分ののぞみなのかが自分でもわからなくなるようなねじれた衝突。たがいに相手の価値観に沿った行動をとると見せながら、しかし自分に歩み寄ってくれたはずの相手の行為を真向から否定する、絶望的な関係。これをかりに「コミュニケーションの不能」と呼んでもいいかもしれない。

こういう悪夢に似た人間関係は、思春期の人間にもなんとなくわかるものだった。わたしはこの苦しさを理解したし、この気味のわるい情景に奇妙ななつかしさすら感じたのである。

いや、その言い方はまだ正確ではない。わたしはこの詩を読むことで体験したあたらしい感情をこのとき記憶し、やがて成長したのちに、自分の身におきた困難な人間関係の現実を「この詩に沿って読んだ」のだ。つまり詩がさきで、体験はあとである。こういうわかりかたは、国語教科書のなかで期待されているわかりかたとは違うものだろうが、現実を生きていく人間としてより切実な詩の読みかたともいえる。

この詩は、読む人のなかにすでにある感情的体験をよびさまして追体験させる詩ではないのだと考えれば、中学生がこれを読んで感激したことも不思議ではないだろう。

「伝えるべきもの」の姿がきまっていない（書く人と読む人のあいだで、ここに描かれたような感情的体験がすでに共有されていることを前提としていない）のだから、「伝えたいものをより効果的に伝える技術」としての技巧をとりあげて検討することはあまり意味がないように思われる。

教科書はよく詩の技巧（対句法とか、直喩とか隠喩とか）を解説するが、それらはすべて「なにかを伝えるためにもちいた技法」とされている。伝えることがさきにあり、詩はそのあとにくるというわけだ。

しかし、なにかを伝えるためではなくてただ書いた、ただことばの美を実現したくて書いたので「ねらい」などはない、と思われる詩は無数にある。黒田喜夫のこの詩も、これを書くうえで、第一にはこの不気味なシーンを書きつくすという意図しかなかったと思われる。

こういう詩は、「伝えたい内容があらかじめあってそれを表現する」ものではなく、「表現がさきにあって、結果的になにごとかが伝わる可能性を未来にむけて確保している」のだ。詩の可能性は完了されていなくて、未来にむかって開かれているのである。

だから、この詩は「コミュニケーションの不能」を描いたものだといってかたづけてよいものでもない。たしかにそれはひとつの大きなテーマではあるかもしれないが、それだけを描くならこんなに行数はいらないし、それ以外のだいじな意味を担っていると思えることばが随所にある。

たとえば〈七月の強烈な光に灼かれる代赭色の道／道の両側に渋色に燃えあがる桑木群を〉という二行の絵画的イメージは、独特の魅力をひめているだろう。全体に暗くどんよりとした印象の光景がつづく詩のなかで、ここだけが鮮烈な色彩にいろどられているが、この強いアクセントはなぜこの位置におかれているのだろうか、それはまだ読みとくことのできない謎である。

それにつづく行の〈桑の木から微かに音をひきながら無数に死んだ蚕が降っている〉というイメージもまたあざやかだが、なぜ音をひいているのか、そもそも音をひきながら降る（落ちる）とはどういうことなのか、そしてなによりもなぜ無数の蚕は死んでいるのだろうか、といった謎はつぎつぎに生まれ、何十年間この詩を読んでいても、どれも満足に解決しない。

　また、この詩から感じられる不気味さや気持ちわるさが、すべてコミュニケーションの不能だけに由来しているとも考えにくい。たがいの話がまったくかみあわない言い争いのシーンなどは小説にも映像作品にもありふれているが、それらの多くはとくに不気味ではない。老婆とか、毒虫とかいった（一般に不気味さを感じさせやすい）小道具だけの問題でもないだろう。

　大学生のころ、何人かの友人にこの詩を見せたことがあるが、彼ら彼女らはおおむね「気持ちわるい。気持ちのわるさにやり場がない」「足もとの地面が消えてなくなるような不快感がある」というようなことを言った。たんなる「肉親とのあいだで話がつうじないことの気分のわるさ」ではなくて、もっと根源的な恐怖感のもとになるなにかが、この詩にはある。

　それをうまく言い当てることがいまのわたしにはまだできないが、だからこそくりかえしこの詩を読むのだし、読みおわらないことの幸福はそこにある。この詩は、書かれてからこんなに時間が経過しているのに、まだ完了していないのである。


　中学生だったわたしにも、この詩はかんたんに読みおえられないということは直観的にわかっていた。

「いまの自分に答えを出す力はないから、謎のままだいじにとっておくのだ。いまの自分にわからなくても、これは絶対にすてきなものなのだから」とわたしはくりかえし思い、ひそかな興奮と解放感をおぼえた。

この文学全集を見つけたことはわたしにとって大きな転機だった。黒田喜夫だけではなく、たくさんの詩人に出会えた。

入沢康夫もそのひとりだ。

そこにおさめられていた何篇かの入沢康夫の詩は、どれも奇抜なスタイルをもっていた。詩といえばまず想像されるのは「行分け」のスタイルだと思うが、行分けの詩はひとつもなかった。当時のわたしは「散文詩」ということばをまだ知らなかったから、「詩のかっこうをしていない詩」だと思った。

でも、読みはじめるとすぐに、これは詩であり、詩以外ではありえないことがわかった。

わたしは、詩を詩たらしめるものはなにか、詩と詩でないものを分かつのはなにか、という大問題に、いきなり具体的なこたえを見せつけられたのである。

「木の船」のための素描　入沢康夫

乗組員はだれあつてこの船の全景を知らぬ

一つ一つの船室は異様に細長い。幅と高さとが各3メートルで、長さは10メートルといつた具合に（そして1×1×3メートルといつた狭い室もある）。隔壁はすべて厚い槇の板で作られており、室によつては粗笨な渦巻あるいは直線と弧を組み合せた抽象図形が彫り付けられてある。そのような細長い室、大小さまざまなそれらが、上下左右前後に連らなり積み重なつて、五十？　七十？　その正確な数を知るものはいない。

船外の景色を見たものもいない

乗組員の生活は、これら細長い船室から船室へと移り歩くことによって営まれている。廊下というものはなく（あるいはすべての室が廊下であって）、船室は小さなドア（と、上下には梯子と揚げ蓋）で直接他の船室と通じている。ドアによっては鍵のかかっている（それも時によって変るのだが）のもあるので、船全体はおそらく時間の中で一種の迷路を形づくっているのだ。ドアの向うには必ず船室があり、どこまで行っても「外部」へは達し得ない。結局は鍵のかかったドアに行き当って引き返す（だが、どこへ）のがおちだ。

ここではいくつかの人間的欲望が失われている

とりわけ食欲、排泄欲。そして好奇心も記憶力もおとろえている。船内には常に三十日分の食料が用意されているが、手をつけようとするものがない。時おり笑い、時おり大声で唄い、時おり泣き、たちまち忘れてしまう。

これが船であるかどうかも疑わしい

あるいは一つの世界と言ってもよいのではあるまいか。乗組員は船であることを固く信じているが、それはこの全体が波に乗っているように揺れ、嵐の時のように激しく右に左に傾くことさえあるからだ。また、これはごくまれだが、汐の香がかすかにすることがある。その香りはどうやら、ある一つの船室から洩れ出て来るらしいのだが、その船室、それは、

決して入ることのできない船室

であって、それと接する周囲の室にはすべて何とか出入

りができるというのに、その部屋にはドアも揚げ蓋もないのだ。かつて一人の乗組員が辛うじて発見した小さな節穴からこの室をのぞいた。すると意外なことに、そこに、船室の内部に、海があった。影深い峡湾、そこを黄色い幕を張りめぐらした屋形船が物凄まじい勢いで通って行くのを見て、鳥肌立つ思いをした時、節穴は内側からぴったりとふさがれてしまった。以来、この室の内部をうかがい得たものはいない。

鳥たちだけはまったく自由に隔壁を通過する

群をなした鳥は船室のあらゆる隔壁をそれが隔壁の亡霊にすぎないかのように自由に通りぬけて飛び去る。さまざまな種類の鳥たち。サギ、カワガリ、カワセミ、スズメ、キジ。まれにはハクチョウ、そしてミソサザイ。鳥の通った直後の壁には、それぞれの鳥の形のうす黒い汚点《しみ》がしばしのあいだ残っており、壁一面が汚点でおおわれることもある。羽毛が床に散り敷く日も。

もし外部から見たとすればこの船は単に一個の木箱に過ぎない

固く釘づけされた一個の木箱に黄色い麻布が幾重にも巻かれている。それが岩ばかりの国の果の、荒涼とした峡門を見おろす崖の上で、石の台座に据えられてかすかに腐臭を発しているのだ。

一九七〇年　『現代詩文庫31　入沢康夫詩集』

詩のところどころにゴチック体の一行がはさまれていて、それが一種の小見出しのような感じをあたえる。ということは、それぞれのゴチック体の小見出しにつづく何行かの散文は、見出しのことばをくわしく説明している部分だとも見える。

しかし、この説明は「伝達」ではない。説明のための説明、むしろ装飾というべきものである。装飾はただ美を存在させるためにあり、目的や効率や成果から遠いところにある。ことばをこのように使ってもいいのだ。ことばには、このような使い方がありうるのだ。

それが「見出しと本文」という新聞のようなスタイルで書かれているので、かえって新聞の文章（もっとも伝達的なことば）とはことばの性質がまったくちがっている、おなじ日本語とは思えないほどにへだたっていることがはっきりするのである。

これはとほうもなく格好よくおしゃれなものだと思った。そして直観的に、さきに出会っていた谷川俊太郎「沈黙の部屋」とおなじ性質の詩だとわかった。

ふたつの詩に共通していえることは、「あらすじ」を言うことができないということである。つまり、どのことばもひとしい重みをもって書かれているために、詩のなかのことばを取捨選択することができない。あるいは、全体としてなにかを伝達するための文章ではないので、要約という行為が意味をなさないのである。

そこに書かれていることばが伝達のためのものだったら、わたしたちはそれを要約することができる。しかし、「沈黙の部屋」にしろ、「『木の船』のための素描」にしろ、要約は不可能だ。一文字もけずれない。

それがつまり、これらの作品が詩であるということなのだった。

教科書に載らない詩には、教科書に載らないわけがある。

教科書に詩を載せるというのは、たんに生徒たちにそれを鑑賞させることではない。詩の単元は、実際の授業ではとばされてしまうことが少なくないが、もしとばさずに教室であつかうことになれば、その詩を解釈したり解説したりするだけでなく、さいごにはその詩をもちいて試験問題をつくることになる。

試験問題にはかならず、正解もしくは模範解答を用意する必要がある。それには、個人的な解釈などではなく、ある程度みんなが合意できる、妥当性のある「読み」を確定しなければならない。

入沢康夫のこの詩を解釈するというのは、ほとんど不可能にちかいことだ。なぜならこれは、作者の内部にあらかじめ伝えたい感情や考えがあって、それを読者に解読させるための詩ではないからだ。これは寓話ですらない。ここに描かれた船と乗組員は、現実世界のわれわれを象徴し、デフォルメや強調によって人間の本質をきわだたせて見せるというような役割のものではない。

ここにあるのは架空の光景を記したうつくしいことばの流れだけだ。

廊下というものがなく、船員は船室をたどって移動するしかないことや、日によってことなるドアに鍵がかけられることで船全体が変化する迷路になっていることや、海のなかに船があるのではなくどうやら船のなかに海があるらしいことなどに、現実的な「意味」はないのだ。船室や鳥や木箱がじつはなにかほかのものごとをほのめかしていると考えてその「正解」をさぐったり、作者の感動の中心はどこにあるかと考えることに意味はない。われわれにできるのはただこのことばを読むことだけであり、読んでなにかの教訓を得ようなどというさもしいことは考えなくてよい。

絵画を見ていっぺんで気に入るようなとき、われわれはその絵をなにかの寓意として見ているわけではない。構図だとか描かれているもののかたち、色彩、そういったものの全体的調和を見て、それを好きになるのだ。わたしはこの詩をそういうふうに好きになった。一読しただけで「木の船」は忘れられないものになり、何百回もくりかえして読んだ。

こころにいれた刺青のように、この詩はわたしのなかの消えないかざりになった。

この詩は、さきに引用した黒田喜夫の詩以上に、どこまでいっても謎である。

なぜ、この詩がここで書かれたかを問うことも、この詩を書くことによって詩人がなにをなそうとしたのかを問うことも、無意味のように思われた。わたしにはただ、強くあざやかな「わからなさ」の感触だけがあった。そしてそれは、ふるえるほど魅力的だった。

詩とはこのようなものだ。詩とは謎の種のことなのだ。

ちっぽけな時代や国の、限定的な文化の文脈のなかだけで詩を読みとこうとすることはむなしい。もちろんそういう読み方が必要なときもあるし、成功するときもある。でも、読んですぐに過不足なく理解できる表現、つまり伝達性の高い表現は、文化の文脈への依存度が高いので、その場にかぎってはとても役にたつが、時が流れて環境や社会状況や人の好みがちょっと変化してしまえば、じきに役にたたなくなる。たとえば「最新流行の化粧方法や髪形」が、十年経ったらどうしようもなく古びてしまうように。

ある詩が、そのときその人にとって「わかりやすい」ということはつまり、あたまやこころのなかの既知の番地に整理しやすいということである。

国語教科書の「詩の読み方」はこうだ。まずは詩のなかの「可視化されている手がかり」を見つける。韻をふんでいるとか、ソネットの形式であるとか、直喩と隠喩のつかいわけだとか。そして、作者がそういう技巧をえらんで効果的に伝えようとしたものを、「萌え出る若葉のうつくしさ、すなわち生命の息吹への感動」だとか「歳月の経過によって色あせることのないかなしみ」だとかいう（ほとんど決まり文句のような）かたちで

「発見」すればそれがゴールである。

もちろん、一定の番地に整理しおえたらただちにその詩に興味がなくなるとかぎったわけではなく、古今の有名な詩句をくちずさむたのしさはわたしにもおぼえのあるものだ。しかしそれは、いってみれば「自分が上手に演奏できる曲をおさらいするときのたのしさ」であり、自分の姿勢としては、未来や未知のほうではなくて過去を向いている。

いっぽう「わかりにくい」詩とは、どの番地にしまってよいかがわからないものだ。その詩をしまうために、あらたなスペースを開拓し、番地をつくらなければならないかもしれない。それはとても時間のかかる、やっかいな作業だ。

詩を読むことは、効率の追求の対極にある行為だろう。

なるべく道を一直線にして、寄り道や袋小路を排除し、誰でもおなじ道をまちがいなくたどれるようにマニュアル化する。そういう行為を、われわれは詩の外であまりにもたくさんこなしてきた。ビジネスの場でも、教育の場でも、あるいは家事のようなことにおいてさえ、効率を目標にしてきた。それは一見、むだをはぶいて経済的でもあり、人間に余暇をもたらすようにも見えたかもしれない。しかし、いまやわれわれは効率のあじけなさを知り、効率を最優先にした行動がいかに人間的なこころをだめにするかも知っている。

かんたんにはわからない詩をいつまでも読みつづけることは、効率主義にうちひしがれ、すっかり消耗した精神の特効薬になるかもしれない。

ある詩を何年経っても読みあきないというのは、番地をさがしつづけていることでもあるし、謎をときつづけているということでもある。短期的に答えが出てしまうのは「謎」ではなく、謎というのは角度や深さをかえながらさまざまなアプローチをつづけていくことによってしか接近できない。この「接近しようとするこころみの途上」にあるとき、人はじつにいろいろなことを知り、感じ、考える。あらたなアイディアをもってその詩の謎に向かうとき、あらたな自分がうまれる。

わたしが知った詩の役割とは、つまりそういうものだった。詩は謎の種であり、読んだ人はそれをながいあいだこころのなかにしまって発芽をまつ。ちがった水をやればちがった芽が出るかもしれないし、また何十年経っても芽が出ないような種もあるだろう。そういうこともふくめて、どんな芽がいつ出てくるのかをたのしみにしながら何十年もの歳月をすすんでいく。いそいで答えを出す必要なんてないし、唯一解に到達する必要もない。

初読から三十年以上の歳月のなかで、「『木の船』のための素描」が色あせて感じられたことはない。たびたび読みかえしては出会いのときの感激を反芻したし、読まないでほうってある時期にもいつもこころのなかにあった。

たしか十年ほどもこの詩を読まないでいる時期が三十代のころにあり、この詩の存在をわすれているかのような状態だったが、その時期のある夜、気味のわるいほど緻密でシャープな夢を見た。

夢のなかのわたしは、ある人工的な空間に暮らしていた。

もとは百貨店か病院か、いずれにせよ必要にせまられて無限の増築をくりかえしているうちに迷路のように入り組み、極端に肥大しすぎて全体像がだれにもわからなくなった、建物とも町ともいえないような構造物。どんな方向にどれだけ行ってもその外には出られないような巨大な空間だった。その構造物が世界のすべてであった。

ふしぎなことに、わたしには家族も知人もいないようであった。どうしてもここから脱出したいという切迫感はなく、ただこの世界の果てはどこにあるのだろうかとぼんやり考えながら、知らない通路をえらんでどんどん遠くに歩いていった。すると、どちらへ行ってもきりがないほど巨大なはずのその建造物の「幅」を感じとることのできる場所を見つけた。幅があるということは、無限のひろがりではないということだ。

その方向に、奥へ奥へと進んでみると、行きついたところには学校の校舎のはじっこのような、白っぽい簡素な階段があった。それほど大きくもない階段ひとつぶんの幅に、巨大空間は収斂していたのだ。

舳先だと思った。これは方舟なのではないだろうか。舳先の左右の側にひとつずつちいさな窓があり、そこから外部を見ると、右側は海だった。左側は、一見してこの世のものではない、赤い土の荒れた土地で（わたしはとっさに、それは赤土ではなくて大きな動物の糞が堆積したものだと思った）、遠くのほうに奇怪な骨がいくつもころがっていた。それは、一辺が何メートルもある、立方体にちかいような四角い頭蓋骨で、象のようなものなのか、恐竜なのか、いずれにせよそんな重たい頭部をむりに支えながら生きにくい生を生きた絶滅種のようだった。

窓外の風景は色彩といい質感といい耐えがたいほどの違和感のあるもので、空間か時間かわからないがわたしの知っている世界からかけはなれた場所であることはあきらかだった。つまり、外へ出るということは、そのまま死を意味するのだ。


夢はこわかった。

夢からさめて入沢康夫の「木の船」を思った。

これは、「『木の船』のための素描」という詩がわたしに見せた夢だ。

わたしは、いつかこの夢をもとにして詩を書くだろう。それは「『木の船』のための素描」という詩がなければけっしてこの世にうまれなかった詩ということになる。

中学生のわたしには、むずかしいことはなにも考えられなかった。ただ「感じる」ことはできた。いま、いそいで「わかった」と言ってこれを処理することの安っぽさと、「わからない」状態にながく身をおいていることのたいせつさ。「わからない」ことは高貴な可能性なのである。

すべての人には、「まだわからないでいる」権利がある。そして国語教科書の詩の単元は、この権利をわたしからうばうものだった。「わからない状態のたいせつさ」という考えは、このころに芽ばえ、いつのまにかわたしの生涯のテーマになったように思う。

そういうテーマをこころに抱いたまま、さまざまなジャンル、さまざまな著者の本を読んでいくと、たまにおなじ考えの人に出会う。

土居健郎『方法としての面接』は、そうして出会った本のひとつだ。精神科の医師が書いた一種の教科書だが、まるで詩の読みかたが書かれた本であるかのように感じた。ここでいう「面接」とは、治療の目的をもっておこなわれる、患者と精神科医師とのミーティングのことである。

〈精神科的面接において面接者が最も心がけることは相手を理解しようとすることである。〉

〈ふつう「わかる」といえば馴染みがあるということであり、これに反して「わからない」といえば馴染みがない、縁遠い、ということである〉

〈われわれが初めて経験する事柄について、したがって馴染みがないはずのものについて、「わかる」とか「わからない」というのはなぜであろうか。それは恐らく次のような理由によるのであろう。すなわち初めて経験したものでもわかるという場合は、それが前以て馴染んでいたものと同類であると認識できるからであり、わからないという場合は、それが前以て馴染んでいたものと異質であると認識するからである。〉

詩に対して世の人々がとる態度もこのとおりである。

日常の語彙や語法の範囲内にある表現や、人々のよく知っている普遍的な感情は「わかる」とされ、新奇な表現が含まれれば「わからない」といわれる。それは人の世の鉄のおきてである。

表現をしようとする者は、みなこの「わからない」という拒絶や無理解にどう処するかを問われているのだが、「わかる」といわれることを目的にしてはならないと思う。それは自分の表現意欲を、もっとも安直な方法で満足させることだし、「創造」とは誰でも知っているような既存の価値を再生産することではない。

土居健郎は、「わかる」「わからない」の日常的な意味を述べたあと、精神科面接における「わかる」「わからない」へと話をすすめる。これまでの精神医学で言う「わかる」「わからない」は、こうした日常的意味とさほど変わらないものであったというのである。「神経症の患者の言うことはわかるが、精神病の患者の言うことはわからない」というように。

しかしそれは、「神経症者の心理は正常人のものと似ていて自分にもなじみがあるが、精神病者の言動はあまりにもなじみがない」ということにすぎないではないかと土居は指摘する。面接での「理解」がこのレベルを超えないものならば、面接はむなしい、無意味である、と述べるのである。

患者とは医師にとっての謎であり、面接において医師は患者を「読む」のであるから、ここで「面接」をわれわれが詩を読む行為になぞらえても、それほど的外れにはならないだろう。

だからこの文章は、「はじめて読む詩に接して、その詩が自分にとってなじみのある表現かどうかで『わかる』『わからない』と言っているだけでは、詩を読んだことにならない。もし詩の理解がこのような『なじみのあるなしの判定』レベルを超えないものならば、詩を鑑賞しようということはむなしいではないか」と、わたしには読めるのである。

ここから、ではどうすればいいのか、という方向に話は展開するが、まず強調されるのは「すぐにわかったつもりになるのをやめて、簡単にわかってしまわないようにする」という態度のたいせつさだ。「わからない」という認識は、日常なじんでいるものを「わかっている」と思うことに比して、より高度の認識である。なぜなら「わからない、不思議だ、ここには何かがあるにちがいない」という感覚は、もともと理解力の乏しい人には生じないからだ、というのである。

「わかる」ものは、安心できて楽だから好き。「わからない」ものは、めんどうだからきらい。それは万人の共有する、揺るぎない価値観ではない。なにごとにせよ、早く決まるのがいいとはかぎらないのだ。

謎の種をこころに蒔いておくことは、精神科医だけでなく、すべての人間にとって重要なことではないのか。この本を読みすすめていくと、この医師はなんと詩人のことばを引用しているのだった。

〈面接においては更に判断を積極的に停止することにより、「わからない」感覚を涵養

することも必要であるように思われる。〉

〈進んで「わからない」感覚を保持することは決して楽なことではない。この点で（略）Margulies の論文の中で引用されている詩人 John Keats の考えが大変面白い。それは彼が negative capability と呼んだものであって、「不確かさ、不思議さ、疑いの中にあって、早く事実や理由を摑もうとせず、そこに居続けられる能力」のことである。Keats はこれが詩人にとって必要不可欠の能力であると説いたのであるが、しかし詩人にとってと同じくらい面接者にとってもこの能力が必要であろう。〉

〈なお「わからない」から「わかる」への運動は一回限りのものではなく、何回か繰り返されることはいうまでもないだろう。〉

（引用はすべて土居健郎『新訂　方法としての面接　臨床家のために』医学書院より）

あえてつけくわえることがないぐらい、詩を読むことにもよくあてはまる文章である。「わからない」と「わかった」とのあいだを往復しながら、われわれの内部で詩は育っていくのだ。

ただ一度「正解」にたどりついてしまえばもうそれで読みおわってしまうような詩はつまらない。それは、前もってあらすじを知ってしまったらもう読む価値のない小説みたいなもので、要するに中身がとぼしいのだ。

ほんとうに価値のある作品は、たとえそれが「思いもよらない二転三転のはてに意外な犯人がうかびあがる本格推理小説」であっても、何度でもくりかえし読むことができ、読むたびにあらたな発見がある。ストーリーがわかっているからつまらないということはない（おなじように、いい映画は何度でもくりかえし見てたのしむことができる）。

われわれはみなこの種のたのしさを知っているし、日常的に味わってもいる。なぜ詩にかんしてだけ、そのたのしさが一般に広まっているとはいえない、つまり封印されているのだろうか。

それはもしかしたら、多くの場合、推理小説や映画はごく個人的な楽しみとしてカジュアルに出会うものだが、詩とのファースト・コンタクトは教科書のなかのものであり、まず先生に読み方を教えられるものだからではないか。

試験問題をつくったときに万人の納得する「正解」を用意できるように選ばれた詩は、われわれに迷子になる自由をあたえてはくれないし、「正解」が用意されているのにそれを見つけそこなったとき、われわれは自分自身に落第点をつけ、その科目に自分は向いていないと思いこんでしまう。

このわなに落ちこまず、わからないことを否定的にとらえないですんだ人は幸運である。わたしも幸運だったひとりだ。

わからないことだらけの詩がたくさんおさめられた大きな本の手ざわりや重みは、それを照らした黄色い西日の色や温度とともに、肉体的快感としていまでも記憶されている。

この本は「よいもの」であり、それを読んでいる自分もまた「よいもの」だ。

肉体的な快感はわたしにそう教えていた。

第3章　日本語の詩の可能性

安東次男のことば

意味のわからない詩を、中学生だったわたしは夢中でノートに筆写していたのだが、あのとき感じていた衝動はなんだったのかと、いまになって思う。

あれは、わからない詩をわかろうとして書いていたのだろうか。読むだけでは理解できなかったことばを、書きうつすことで少しはよけいに理解できると思ったのだろうか。どうもそうではないような気がする。

当時のわたしにとって、日常的な文脈の外側にあり、一字一句のすべてが理解を超えていた現代詩は、自分になんらかの「意味内容」を伝えてくるものではなかった。意味はもちろんあるのだろうが、自分にはまったく解読できない。だったら自分にとっては意味がないのとおなじことである。それよりも、本のページのうえに配置され、余白にとりかこまれてある文字のひとつひとつと、それらの文字のよりあつまった全体の視覚的印象を、わたしは図像として愛したのではなかったか。

意味ではなく、音でもなく、図像。それもとびきり奇妙で謎めいていて、あふれでるエネルギーを感じさせる、きわめて格好いい図像。

わたしは現代詩を、そういうものとして好きになったのだろう。だからノートに書きうつしたのだ。多くの中学生が、好きな漫画のキャラクターをまねしてノートに描くように。

そういう意味では、現在、電柱や歩道橋や店舗のシャッターなどに闇にまぎれて書き散らされているあの呪文めいた、図案化された、一見して読みとれないような文字群と、書くときのこころはおなじなのかもしれない（あれらはすべて「模写」のようなものであり、それを書く者にとって「このデザインの文字をいままさに自分が書いている」という行為が格好いいと思える、という理由だけで書かれるものではないか。あれを動物のマーキングにたとえる人もいるが、書きつけたあとの文字はその後どうなろうともかまわないのだと思う）。

あのころのわたしが憑かれたようにたびたび筆写したのは、つぎの詩である。

みぞれ　　安東次男

地上にとどくまえに
予感の
折返し点があつて

そこから
ふらんした死んだ時間たちが
はじまる
風がそこにあまがわを張ると
太陽はこの擬卵をあたためる
空のなかへ逃げてゆく水と
その水からこぼれおちる魚たち
はぼくの神経痛だ
通行どめの柵をやぶつた魚たちは
収拾のつかない白骨となつて
世界に散らばる
そのときひとは
漁
泊
滑
泪にちかい字を無数におもいだすが

けっして泪にはならない

一九六〇年　詩集『からんどりえ』

難解な現代詩はきらいだと言う人たちは、きっとこんな詩を思いうかべてそう言うのだろう。作者の視点（比喩的な意味ではなく、肉体をもった人間としての目の位置）がどこにあるのだかはっきりしないし、どんな場面をなんのために描写しているのかも、一見したところわからない。

わからないことをうけとめて肯定すればいいのに、「作者の感情なり意見なりがかならず詩のなかにかくされていて、それを発見するのがゴールだ」という考え方にとらわれていると、わからないことがゆるせない。

そういう気持ちでこの詩を読むと、「正解に到達できないのは自分の読解力がないからだ」という劣等感か、その裏返しである「こんなわかりにくい書き方をした詩人がわるい」というさかうらみにしか行き着かない。

いったんそうなってしまうと、〈その水からこぼれおちる魚たち／はぼくの神経痛だ〉という独特の改行にしても、水と魚の超現実的なふるまいにしても、すべてがこけおどしか鼻持ちならない気どりに見えてしまうだろう。そこから「こういう詩は誰にも伝わらないただの詩人の自慰行為だ。現代詩はつまらない」という結論までは一直線だ。これは不幸な読み方である。

わたしがこの不幸な道に入りこまずにすんだのは、あまりにも無知で未熟な中学生だったために、かえってわからないのを当然のこととして受けいれられたからだろう。

一行一行の意味がわからず、一句一句まで分解してもわからない。はじめからおわりまでわからなかったからこそ、この詩を「図像」として見るしかなかった、いや「図像」として見ることが可能になったのである。

「知らない」「わからない」ということには独特の価値がある。

たとえば、日本画の画家たちは、西洋の透視図法（遠近法）を知って以来、「透視図法的に描けない」という能力をなくした、というのは画家の山口晃の重要な指摘である。

透視図法は写真にとったようなかたちに描けるので、そのかたちこそが「ものの真実のすがた」だと思いこみがちだが、じつは人間の目にうつるものの像は、カメラのとらえる像とはかなり異なる。たとえば人間の目は、視野の全域にピントをあわせておくことができない。だから、いま注目している小さな範囲以外は、視野という構図のなかにあっても、ぼんやりとかすんでいるのだ。ピントをべつのところにあわせると、さきほどとは構図そのものがちがってきてしまう。

しかしいったん透視図法が「正しい見えかた」だと信じてしまうと、それ以外のかたちでものの姿をうつしとることができなくなる。山口晃はこのことを「自転車にのれるようになると、『自転車にのれない』ということができなくなる（自転車にのれない能力をうしなう）」と言っている。

わたしは「自転車にのれる」（詩句の意味を読みとれる）ようになる前だったからこそ、「みぞれ」という詩の図像的魅力を感じることが容易だったのはたしかだろう。図像としてのこの詩はかぎりなく魅力的だった。

各行の長さが絶妙に計算されている。各行のおわりの文字を線でつなげば、絵画的で感じのよい曲線があらわれる（詩人はあまり言わないけれど、これは詩にとってたいせつなことのひとつである）。文字の部分を線でかこむと、なにかのかたちが現れるのではないかと思ったりもした。

この詩をくりかえしノートにうつしているとき、わたしはたびたび書きまちがえた。それは、漢字で書かれていることばと、ひらがなになっているところとをとりちがえて、無意識に書きかえてしまうのである。あとから見くらべてまちがいに気づき、こうした表記のつかいわけが非常に意識的になされていることを感じるのだった。

この詩にはさまざまな漢字がつかわれているが、それらは調和のとれた一グループを構成していると思える。つかわれた漢字すべてを抜きだしてならべたときに、モダンな雰囲気をもった一種の調和が実現される。そういうふうにととのえられているのである。画家が、画面の色彩のトーンを注意深く調和させていくのとおなじ気配りである。

だから、一般的には漢字で書くことが多いことばでも、ひらがなにしてあるところがある。「とどく」「あたためる」「ひと」「ちかい」などが、ここではひらがなで書かれている。

なかでもひときわ目をひくのが、「ふらん」ということばである。

これが「腐爛」であることは前後の感じからもすぐにわかるが、「とどく」や「ひと」が漢字で書いてもひらがなで書いてもそれほど不自然ではないことばであるのに対して、「ふらん」はいかにもひっかかる。

わたしはこの「ふらん」にこころをうばわれた。「腐爛」ではなく「ふらん」でなければならないのだと思った。つまり、「腐爛」と「ふらん」は明確に別のことばだという、詩人の考えを感じたのである。

詩は音読して味わうものだという「常識」がある。この常識は、一般の日本人の詩に対する考えかたをかなり強くしばっているが、ふだんはとくに検証される機会がない。学校の教室では、無条件に、教材である詩を生徒に音読させるところから授業をはじめる。そうしない授業はほとんどありえない。

しかし、安東次男の「みぞれ」は音読できないのである。

「腐爛」と「ふらん」とを読みわけようとしてみれば、そのことはすぐにわかる。われわれは「腐爛」と「ふらん」とを異なる発音やイントネーションで区別することができない。声に出してしまえばおなじものである。

音読することを第一義に考えれば、詩は、すべてひらがなで書かれても、やたらに漢字ばかりで書かれても、あるいはローマ字表記であっても、おなじものだということになる。それは、紙に書かれた詩を音読のためのたんなる譜面としてあつかう考え方だ。

しかし実際のところ、詩人は表記にたいへん気をつかう。「バラ」と書くのと「ばら」と書くのと「薔薇」と書くのでは、あたえる印象がぜんぜん違ってくるからである。安東次男も、「腐爛」とは明確に異なることばとして「ふらん」と書いたのである。

この問題はすぐれて日本語的な問題といえる。

英語で詩を書くときに「rose」のつづりをどのように書くか悩むということは絶対にない（イタリック体で書いたとしても、つづりそのものは変化しない）。つづりが違えば別の単語になってしまうか、意味がつうじなくなるかのどちらかだ。ほかのどんな言語でもおそらく同様である。日本語以外の言語において、ひとつの語を書くときに、それを表記する文字を（何種類ものなかから）えらびとるという問題は存在しないのである。

だからこの問題は、日本語で書く者にあたえられた特権的な悩みであり、日本の詩人だけがそこでつまづくことを許された落とし穴でもあるのだ。詩が、どの言語で書くかということと密接な関係をもった（翻訳の困難な）文芸である以上、日本語の詩はこの問題こそをまずはじめに悩むべきではないのか。安東次男はそのことをここで示しているのではないか。

「ふらん」という単語を、われわれは「腐爛」と区別しては発音できない。ということはこの詩は黙読用の詩なのであって、音読用ではないのだ。

そのことは、詩のさいごの部分に並べられた漢字を読むとき、さらにはっきりする。〈漁／泊／滑〉は、「ギョ／ハク／カツ」と発音すべきだろうか。しかしそれではなにも伝わらない。音だけ聞いても意味不明である。では、たとえば「すなどり／とまり／なめり」とでも読むべきだろうか。それはさらに問題外だろう。「一文字の漢字が横に三つ並んでいる」ということが伝わらないからだ。

これらの漢字は、さんずい（水）という部首をもつ図像として示されているとしか考えられない。これは、音読ができないように書かれた詩なのである。

「けつして」という表記もまた、読む者の目にちいさなつまづきをあたえる。全体は現代かなづかいなので、「けっして」と書かれていれば目は素通りしていくが、促音の「つ」が大きく表記されているとほんのちょっとだけひっかかる。

もっとも、この詩が書かれた時代には、促音の「つ」を小さい「っ」にはせず大きいままで表記する詩はたくさんあった。ここまでに引用した谷川俊太郎も入沢康夫も小さい「っ」は採用していない。

日本のかな文字は表音文字だと思われがちだが、けっしてそうではない（「こ・う・こ・う・せ・い」と書くのに「コーコーセー」と読むことを思いだせばわかる）。安東次男も、「薄明について」をふくむ詩集『六月のみどりの夜は』の初版では、「きみらわやるだろう」（きみらはやるだろう）「腕のなかえ」（腕のなかへ）などの表記をためした（のちに現代かなづかいにあらためた）。

促音の「つ」をどう書くかというような問題も、詩人の悩むべき問題のひとつだ。

安東次男がなにと格闘したのかをあきらかにするために、日本語の特性を、言語学者とはことなる角度からとらえている人のことばを参照してみよう。

中国語学・中国文学の専門家であると同時に、現代日本の（世間一般の）ことばの状況についての鋭い観察者でもある高島俊男は、西洋の言語学の「言語とは音声のことであり、文字はそのかげにすぎない」という考え方を認め、文字なき言語はけっして不備なものではないという。しかし、現在の日本語だけは例外であって、文字のうらづけがどうしても必要な言語になってしまったことを、つぎのように述べる。

〈漢語伝来以前数千年、あるいはそれ以上にわたって、日本語は、音声のみをもってその機能を十全にはたしていたはずである。文字のうらづけなしに成り立たなくなったのは、千数百年前に漢語とその文字がはいってからのち、特に、明治維新以後西洋の事物や観念を和製漢語に訳してとりいれ、これらの語が日本人の生活と思想の中枢部分をしめるようになって以来である。〉

現代の日本にも、耳できけばわかることばはたくさんある。高島俊男のあげた例は「みちをあるく、やまはたかい、めをつぶる、いぬがほえる、あたまがいたい」などだ。これらは、いちいち文字を参照しなくてもすぐに意味がわかる。それは、これらの日常的で具体的な語彙が、本来の日本語（和語）だからなのである。

ところが、やや高級な概念や明治以後の新事物にもちいられる漢語については、事情がちがう。高島俊男は、〈具体的、動作、形容、本来、高級、概念、以後〉などの例をあげてこういう。

〈これらの語も無論音声を持っている。けれどもその音声は、文字をさししめす符牒であるにすぎない。語の意味は、さししめされた文字がになっている。たとえば「西洋」を、ひとしくセーヨーの音を持つ「静養」からわかつものは「西洋」の文字である。日本人の話（特にやや知的な内容の話）は、音声を手がかりに頭のなかにある文字をすばやく参照する、というプロセスをくりかえしながら進行する。〉

〈もとの漢語がそういう言語なのではない。漢語においては、個々の音が意味を持っている。それを日本語のなかへとりいれると、もはやそれらの音自体（セーとかケーとか、あるいはコーとかヨーとかの音自体）は何ら意味を持たず、いずれかの文字をさししめす符牒にすぎなくなるのである。

しかも日本語は音韻組織がかんたんであるため、漢語のことなる音が日本語ではおなじ音になり、したがって一つの音がさししめす文字が多くなる（たとえば日本語でショーの音を持つ字、小、少、庄、尚、昇、松、将、消、笑、唱、商、勝、焦、焼、証、象、照、詳、章、悄、掌、紹、訟、奨、等々。これらは漢語ではみなことなる音であり、音自体が意味をになっている。これらが日本語ではすべて「ショー」になるので、日本語の「ショー」はもはや特定の意味をつたえ得ない）。〉

ひとつの「ショー」という音でさえこうなのだから、複数の漢字をくみあわせてつくった熟語の場合にはさらに「音の種類がすくない」ことが欠点として露呈する。コーソーは高層、構想、抗争、後送、広壮のどれでもありうるし、ソーコーは壮行、奏効、操行、草稿、装甲のどれとも決められない。それをわれわれ日本人は「文脈を聴きとり頭のなかで文字を参照する」作業によって、かろうじて識別しているのである。

〈日本の言語学者はよく、日本語はなんら特殊な言語ではない、ごくありふれた言語である、日本語に似た言語は地球上にいくらもある、と言う。しかしそれは、名詞の単数複数の別をしめさないとか、賓語のあとに動詞が位置するとかいった、語法上のことがらである。かれらは西洋でうまれた言語学の方法で日本語を分析するから、当然文字には着目しない。言語学が着目するのは、音韻と語法と意味である。

しかし、音声が無力であるためにことばが文字のうらづけをまたなければ意味を持ち得ない、という点に着目すれば、日本語は、世界でおそらくただ一つの、きわめて特殊な言語である。〉

（引用はすべて高島俊男『漢字と日本人』文春新書より）

こうした文章を読むと、目を打たれたような気持ちになる。

日本語で書かれた詩を考えるうえで、日本語の特殊性は無視できない。日本語は音声言語としてはきわめて貧弱であり、ということは、視覚情報におおきくよりかかった言語なのである。

さて、日本語のこうした特殊な背景は、日本人の言語生活に一種の不自由さや苦しさをあたえていることはまちがいない。しかし日本人は日ごろそれを苦しいと自覚することはあまりない（たとえば人前で話をする仕事をしている人なら、聞く人が同音のことばをとりちがえないように「ワタクシリツ」や「イチリツ」などと言いかえたりする配慮には慣れていて、とくべつな苦労とは感じないだろう）。

むしろ日本人は、日本語の音の少なさをたのしく活用しているようにみえる。

同一か近似の発音をもつことば同士をつかうなぞかけや地口は、むかしもいまも人気のある庶民的な遊びであるし、似た音を聞きまちがえる笑い話は落語にも漫才にもよくある。また、明治期に大量の漢語がとりいれられて同音異義語が氾濫するずっと以前から、「かけことば」は日本の文芸のいろどりだった。音韻組織が単純であればあるほど、「かける」ことのできることばはふえるりくつである。

おなじことばが何種類かの表記をとりうるという点も、日本語の弱点であると同時にたのしいところなのだと思う。

おなじことばを異なる表記で書きわけ、それぞれにちがう意味をあたえる（あるいはニュアンスの違いを付加する）ということは、すでにおこなわれている。

現在、一部の女子高校生は「彼氏」と「カレシ」を異なる意味でつかうと聞く（この語のつかいかたについてはローカル・ルールが多く、全国的に通用するきまりはないようだが、たとえば「彼氏」は一対一の恋愛関係にある男性をさし、「カレシ」は不特定のボーイフレンドをさす。この場合、アクセントの位置も変えている）。もっとひろく知られている例では、「携帯」は一般に「身につけたり手にもって運ぶ」という意味であるから「携帯なになに」とよぶことのできる物品は無数にあるが、これを「ケータイ」や「ケイタイ」とカタカナ表記にして、とくに携帯電話だけをさすようになっている。日本は、職場の机に残す申し送りのメモには「ヨロシク」と書き、年賀状には「宜しく」と表記し、そのおなじことばに暴走族が「夜露死苦」という字をあててそろいの服に刺繡する国である。刺繡の文字はけっして「宜しく」ではありえない。表記する文字がちがえば、ちがうことばなのだ。

安東次男にとって、「ふらん」は「腐爛」ととりかえることのできないことばなのである。これもまた、表記の多様性という日本語の特性からみちびかれた、あらたな表現可能性のひとつだ。

安東次男の「みぞれ」にもどる。

詩の冒頭の「地上にとどくまえに」は、タイトルでもある「みぞれ」のことだと思われる。するとこれは、天から降ってきて地に落ちるのがあたりまえであるものが、地にとどくことができずに折返すという中絶の場面である（しかしそれは「予感」の話であって現実ではない）。ゴールに到達するまえに、動きの矢印は折れてもどってしまう。そこからはじまるのは「ふらんした死んだ時間たち」であり、太陽があたためるのは「擬卵」であって卵ではない。つぎつぎに登場するのはどれも、とどこうとしてとどきそこねるもの、実体ではなく虚像である。水は空へ逃げてゆくのに、魚はかえってそこからこぼれおち、白骨となる。すべてがちぐはぐに挫折している。

そのときひとが「おもいだす」のは水の部首をもつ無数の文字だが、それは「泪」にちかいところを旋回しつつけっして「泪」に到達しない。そして、こうした目もあやな超現実的描写の一部始終を、ひとは音読することができないのである。われわれはこの光景を、黙って目撃させられるだけだ。

黙らされながら感じているのは「泪」に象徴されるようなはっきりした感情ではない。読者は、もうすこし不透明で伝わりにくい「なにか」のなかに、しばし宙づりにされるのである。

ここでは、詩句に表現された「とどきそうでとどかない」感じが、読む者の心のうごきに変換されていく。それもみごとな手管だと思うが、もっとみごとなのは、「この詩は音読してくれるな」という「指示」が詩句そのものの内部にふくまれているという点ではないだろうか。

音楽の譜面ならば、「指示」は欄外に書かれるのがふつうである。五線譜のなかにある音符そのものをたどれば、そのなかに演奏するさいの速度や情感などが暗黙のうちに指示されていて、それ以外の演奏ができない、ということはほとんどありえない（もしあればその作曲家は「天才」とよばれるだろう)。だから楽譜は「解釈」をされ、演奏者によって異なる速度で、異なる音色で鳴らされるのである。

しかし安東次男はこの詩のなかで、詩句そのものに「指示」をおりこんだ。そのことは、詩は音読のための楽譜ではない、紙に印刷されたものそれ自体が作品であることの証拠である。

ふりかえれば安東次男は、「みぞれ」よりももっと前に、すでに書きことばの冒険をはじめていた。

薄明について　　安東次男

薄明を
そしきせよ
薄明

をそしきせよ
そこから
でてくるのは
無数
の
ぬれて
巨きな掌

無
数
の
ぬれて

巨きな足
ユマニテ
の
いきどおり
の
ああ
ぬれて
アポカリプスは
ぬれて
千の世界
はぬれて

水
死
人
のようにふくれて

きのう
あさやけの海に

うしろ手に
縛められて
投げこまれたひとたちよ

その
乳房のように揺れている

海の
いろは

その
声のない

かたい姿勢は

過
去
より
差出された

すべての
肉体を
拒絶するだろう

きみら
の
ぼくら
の
すべて
の
罪の意識
を
拒絶
するだろう
それを

知つた世界
よ

乾いた毛穴を
持ちはじめた
世界よ

プランクトン
のように
本能を
持ちはじめた世界よ

あるいて
ゆこう
では
ないか

荷物のない
旅行者の
ように

ぎつしり
つめよう
ではないか

骸炭
のように
乾いた
孤独と
薄明をとらえ

ああ

ぬれて

千の
世界は
ぬれて

水死人
の
よ
う
に
ふ
く
れ
て

一九五〇年　詩集『六月のみどりの夜は』

この詩はさらに徹底して音読不能である。もしもむりに音読しようとして、改行の部分で一拍おくなどのくふうをしてみたところで、こっけいな感じにしかならない。かといって改行を無視してすらすら読みくだしていっては、この詩の表現がだいなしになってしまう。だからこれは目でみるほかない詩である。

しかし目でみるかぎり、これは斬新で格好のいい詩だ。「日本語をこんなふうにずたずたに切って書くこともできる。それでもやはり日本語として機能している」というおどろきと、それ以上に、「ずたずたに切って書いた文には、ふつうに連続させて書いた文にはなかったあらたなニュアンスがふくまれる」というおどろきがある。

これは、中学生にも感じることのできる新奇さだった。わたしは夢中になった。そのころ、自分でも詩のようなことばを書きつけはじめていたわたしは、この詩をまねて、ふつうよりも改行をふやしてみたり、一文字ずつ改行してみたりした。するとそこにはたしかに、ふつうに書いた場合とちがう効果があらわれ、自分が書いたことばとは思えないような不思議な感じになるのだった。

これは学校の国語の授業ではけっして教えてもらえない、ことばの機能のおもしろさであった。

ためしにこの「薄明について」を、こんなふうに書きなおしてみる。行分け詩の一行の長さとしては、このあたりがだいたい常識的なところだ。

薄明をそしきせよ
薄明をそしきせよ
そこからでてくるのは
無数のぬれて巨きな掌
無数のぬれて巨きな足

これではすっかり凡庸な詩になりさがる。だいいちことばが空転してしまって、伝わるものが少ない。背伸びして哲学的なことを言おうとして、意気ごみだけが空回りしてなかみのないことばかり言ってしまう若者のようだ。薄明というのはうすあかりの「状態」であるから、それを「組織する」など、もともとことばあそびでしかないのである。ところがこの詩においては、意味は改行のなかにあるのだ。

薄明を
そしきせよ

さいしょはこうだ。「薄明を」が第一行。つまり「薄明」は客体である。ところが、つづく部分でこの認識がひっくりかえされ、「薄明」そのものにスポットライトがあたる。

薄明
をそしきせよ

まず見えるのは「薄明」。冒頭二行とは、改行位置を一文字ぶんだけかえた。そのちいさな操作だけで、薄明は客体ではなく、自立した薄明そのものの存在感をもつようになる。

この四行のみを見ても、だてに改行を多くしているのではないことがわかる。一行一行がごく短いのは、一行を独立したものとして、いったん区切ってうけとってくれという「指示」なのだ。薄明そのものをイメージして、そののちに「をそしきせよ」を読んでほしいのである。そうすれば、冒頭二行の「薄明を」の薄明よりも、つぎの二行の「薄明」のほうがはっきりした存在感をもつことが感じられるはずである。

改行というガイドに身をゆだね、ことばをゆっくり確実に区切って読んでくれ、そこに生まれでるあたらしい語感を感じとってくれというこの実験を、やりかたが生硬だとか、作品としてこなれていないとかいって批判するのはたやすい。でも、ここで詩人が「日本語の書きことばの形式でものを書く」ことの意味をさぐりながら読者のほうをふりかえって「この実験の場にいあわせてくれ、目撃してくれ」といっていることは確かなように思われる。

「水死人」という、ひとつの具体的・映像的イメージをもったことばが、〈水／死／人〉と三行にわかたれるとき、そこには「水」と「死」と「人」という三つのべつべつの概念があらわれ、たがいに部分的に重なりあっては色あいをかえる。この詩が全体としてきらきらする乱反射を感じさせ、万華鏡をのぞいているかのような印象をあたえるのは、そのせいだ。

そのことを知ってわたしは興奮した。

それからもうひとつ。

この詩のように、各行の字数を極端に少なくしたとき、不思議な現象がおこる。通常、詩の一行の字数が多ければ多いほど、ページをめくる手はゆっくりになる。一行を読むのにたくさん時間がかかれば、次の行へと移るのが遅くなるからだ。すなわち、目が左のほうへ進んでいくスピードが遅くなるのである。

逆に一行の字数が少なくなればなるほど、一行を読むのにかかる時間が少なくてすむために、目が左へ左へと進むスピードは速くなる。ふつうはそうなるはずである。

しかし、この詩をはじめて見たときに感じたのは、この詩はきわめて「遅い」詩だということだった。一行にほとんど一文字か二文字しかないようなところでも、目がスピードをあげて左のほうへ進むことができない。目は、詩句によってブレーキをかけられているのである。

ひとつの単語に重層的な喚起力をもたせることによって（何度も目を呼びもどすことによって）、読み手の目を遅くする。このことがわたしにとってはひたすらおそろしく、魔術的なことにも感じられたのだった。

はじめてこの詩を読んだころ、ユマニテがなにか、アポカリプスがなんであるか、そんなことはひとつも知らずに、この詩の格好よさにふるえた。おとなになって小賢しくなったので、これらの単語の「意味」をわたしは少しは知っているが、だからといってこの詩をよりよく読めるようになったというものでもない。全体として宗教的文脈のなかで書かれた詩だとも思えない。

薄明や「そしき」だって大差ないことである。おそらく、この詩が書かれた戦後すぐの日本では、われわれはなにかをあたらしく組織していくのである、そうせねばならぬ、という気分が支配的だったのではないか。そして、まだ漠然とした想像でしかないが、なにかあたらしいものがこれからどんどんつくられていくのだというその期待と不安こそが「薄明」の状態なのである。だから、薄明も「そしきせよ」もたんに時代の気分を反映したことばにすぎなくて、極端にいえばほかの単語でもよかったのだと思う。もしかしたら「ハクメイ」には「カクメイ」がひびかせてあるのかもしれない（ハクメイは、カクメイによく似ているがカクメイよりも弱くかすれたささやきである）。

全体には、「ぬれた」世界と「乾いた」ものとが対比されている。ぬれている世界のなかで、ひとがうしろ手に縛められて海に投げこまれている場面。それは、人間が人間性をうしなった世界の象徴だろう（肉体の拒絶、罪の意識の拒絶）。それに気づきはじめたもう一方の世界は「乾いた毛穴」をもちはじめ、読む者は「乾いた」世界のほうへ「あるいてゆこうではないか」と勧誘される。

しかしこれらのことばはいかにも茫洋としすぎていて、描かれている場面がはっきりしない。そのことにいらだつ読者は多いのかもしれない。

この「薄明について」という詩は、絵画にたとえると抽象画なのだと思う。

抽象画ならば、それをみて、色彩はあるがものの輪郭がはっきりしないとか、画面に描かれたのが人物なのか風景なのか読みとることができないとかいって怒る人はいないだろう。しかし抽象画とおなじタイプの詩は、あいかわらずこうした不満と怒りを向けられつづけているのだ。

それはずいぶん理不尽なことではないか。

抽象画とはなにか。

抽象画というものは、絵画の歴史においてきわめて現代的な「事件」だと考えてよいものではないかと思う。

伝統的絵画においては、それを描く者は、みな具体的なかたちをとった「なにか」を描いた。たとえば人物、静物、風景のような。

そのとき、それらを描く全員は、その絵の「目標」や「到達点」をおおまかに共有できていた。到達点は架空のものでよく、おおざっぱにいえば「カミワザ」のようなものだ。具体物を絵画の画面にいきいきと再現してみせるためのさまざまな工夫が、すなわち画家の関心事であった。

しかしこうした「伝統的絵画」に対して、あるとき「現代絵画」というものがあらわれる。「伝統的音楽」に対しても「現代音楽」があらわれた。「現代絵画」や「現代音楽」は、もはや、それをする全員が共有する目標や到達点というものをもっていない。表現に臨むひとりひとりがそれぞれのビジョンと課題をもちはじめたのである。言いかえれば、架空の「到達点」は人によってことなるということになったのだった。

ということは、歴史的につみあげられ洗練もされてきたスキルを継承するということが、万人にとって重要な、確固たる価値ではなくなったということである。その技術は、誰かにとってはきわめて重要であるかもしれないが、自分が自分だけの目標へ接近していくうえではかならずしも必要でない。そういうことがたびたび起こりうるのである。

抽象画も、そういう文脈のなかにあるものだと思う。石膏像のデッサンを何百回くりかえしても、そこで習得したスキルをもとにすぐれた抽象画がかけるわけではない。世界的に有名なマンガの絵をトレースして作品をつくった画家に「あなたには基礎的なデッサン力がないのではないか」と問うことは、あまりにもばかばかしい。むかっていく場所がひとりひとりちがう以上、つかっている技術の種類だってまるっきりちがうのだ。

架空の「到達点」がひとりひとりことなるということは、一般社会から見えやすくわかりやすい大きな潮流がなくなるということである。芸術家は、主義をおなじくする芸術家たちの群れの一員であるよりも、むしろ孤独なテロリストとなった。実際、これまでの伝統的なビジョンやスキルをくつがえして見せることに夢中になったという意味では、現代美術家も現代音楽家も、みなテロリストのようなものだったのである。

日本の詩にも、おなじことが起こった。

日本の現代詩人は、芭蕉や蕪村や、万葉集のあるいは古今集の歌人、「革命」以前のすべての詩人に、「おまえたちの気づかなかった日本語表現がある」と言わねばならなかったのである。安東次男においては、それは「音読不可能性」や「読むスピードのコントロール」というこころみだったのだと思う。

「薄明について」のなかの「薄明」や「海のいろ」や「巨きな掌」などもろもろのことばは、抽象画の画面を構成している絵具なのである。その表現が写実性に欠けると批判してもしかたがない。われわれが見るべきなのはたぶん、この詩のおどろくべき静謐さ——いや、静謐というのは比喩的に受けとられるかもしれないから「無音状態」と言いかえよう、そういう「音のなさ」である。安東次男は、ここで「音のない詩」をこころみたのだった。

枝おろし　　安東次男

とがらない乳頭を嚙んで
ぼうぼうとした
朱の色をにじませる
すでに千年を
灰となつて
噴きつづけてきた
死は今日
洗われた果実となつて
もろ声のなかに
隠れる
乱世の索引

ゆるやかに内壁へ降りる
おのれの影のなかへ
はげしくなだれる
緑の枯枝。

一九七〇年　『現代詩文庫36　安東次男詩集』

こういう詩にわたしは魅了され、なんとか読んでみたいと思うが、この詩を国語教科書のように「解釈」したり「鑑賞」したりすることはできない。日本の、またフランスの詩歌に造詣のふかい作者のことだから、なにか参照すべき詩句があるかもしれないと思うが、わたしにはわからない。

「灰となつて噴きつづけてきた死は、今日、洗われた果実となつて」なのか。「もろ声のなかに隠れる乱世の索引」でいいのか。詩句の流れを単線だときめつけるとあぶない感じだ。「灰となつて噴きつづけてきた」「噴きつづけてきた死は今日」「死は今日洗われた果実となつて」「洗われた果実となつてもろ声のなかに」「もろ声のなかに隠れる」と、ある一行が前の行ともペアになると同時に後の行ともペアになるように、こころのなかで二度ひびく感じがする。

安東次男が連句を愛したことが思いおこされる。

安東次男は人に対してずいぶん高飛車な態度をとる人だったと、いろいろな人がいろいろなところで書いている。そのときによく例に出されるのが、丸谷才一や大岡信らとくりかえしおこなっていた連句のことであった（わたしはいつも岩波書店のＰＲ誌「図書」誌上でみていた）。

連句というのは、五七五の長句にべつの人が七七の短句をつけ、こんどはその七七の句にまたべつの人が五七五をつける、というように進めていくあそびだ。つまり、ひとつの句は前の句とペアをなし、それとは独立に後の句ともペアを構成する。ふたつのペアの雰囲気や趣向が似ているのはタブーであり、なるべくはなれている（つまりひとつの句の活かしかたとして、まったくちがう二種類の解が示される）のがよいとされる。

安東次男は丸谷や大岡にたいして常にいばりちらしていて（だいいち「宗匠」と呼ばせていた）、博識な芸術家である彼らをほとんど小僧あつかいするようなこともめずらしくなかった。それというのも安東次男には『芭蕉七部集評釈』という連句研究のおおきな仕事があるからなのだが、そこで見る安東次男はほとんど「荒れくるっている」といいたくなるほど、古今の高名な学者や芭蕉読みたちの解釈を罵倒したおしている。いわく、〈解釈もここまで外れると手の施し様がない〉〈これでも学問かと云いたくなるほどひどい話で、気分で解釈はできぬものだ〉〈無くもがなの印象批評〉〈思入れの過ぎた、たわいもない作文〉。

これらがたんなる「罵倒のための罵倒」であったなら、『芭蕉七部集評釈』は人をひきつけはしないだろう。しかしこの仕事は「畢生の大作」とよびたくなるすばらしいものだ。罵倒にはそれだけのわけがあるし、安東次男の「読み」はたしかに「気分」や「雰囲気」ではない、まっとうに汗をかいてつくりあげたものだ。

わたしはこれらの罵倒の裏側に、「こんなにはっきりとしたことがなぜ見えないのか」「誠実に見さえすれば誰にだってわかるはずだ」という強いいらだちを感じる。それを、詩人・安東次男の詩を読む（読めていない）人々へむけたいらだちと重ねて読むのは強引かもしれないけれど、それでもやはり詩人の内部にはいつも「もっと目をよくみひらいて、俺の詩の一字一字を穴のあくほど見ろ」という煮えたぎるような要求があったとわたしは思う。

そんな激情をがっぷり組みとめるだけの力はわたしにはないが、それでも「枝おろし」

の魅力はわかる。

句点が最終行にひとつだけしかないところをみると、一行が前とくっつき、後とくっつき、二重に活かされる行きつもどりつの道筋としてのこの詩は、同時に全体でひと息の「声」でもあるのだろう。

また「内壁へ降りる」が「おのれの影」にかかるのだとすると、さらにその「なかへはげしくなだれる緑の枯枝」だから、なかへ入るもののなかへまた入るものがあり、動作が入れ子の状態になっている。噴きつづける灰と洗われた果実の質感のとりあわせがあざやかで、この対比がさいごに「緑の枯枝」という矛盾へと収斂している。色彩を見れば、冒頭が「ぼうぼうとした朱の色」でさいごが「緑」(しかし枯枝の緑なので原色ではない)。みごとな屏風絵の図柄のように、完璧なほどきれいにきまっている。

「とがらない乳頭」は死の暗示だろうか。でも「朱の色」がにじむのだからこの肉体は生きている。人の世において死を隠す(死の存在を隠蔽する)ものはなんといっても性と生殖であろうから、この詩の全体を性愛の場面として読むことができそうだ。「もろ声」は互いに和して発する声である。性愛のさなかの、ことば以前の声と思っていいだろう。しかし、前後とのつながりをわざとできるだけ見えにくくし、ぶっきらぼうに立ててある一行「乱世の索引」がわからない。わからないのに、めまぐるしくいろいろなことを考えさせられる。性愛の場面における「乱世」について、また「索引」について。

性愛の場面といっても官能の描写があるわけではないから、結局「ことばのとりあわせ」を見るしかないのだと思う。この詩には感情のうごきや肉体的官能などの「実感」が描写されていないけれども、それは書こうとして書きそこなったのではなくて、はじめからないのである。

セザンヌの絵に「坐る農夫」というのがある。画面いっぱいにひとりの男を描いたものだが、画面のあちこちに絵具を塗りのこした余白が放置されている。すみのほうならばともかく、塗りのこしは人物の顔や服の袖など、画面上の主要な部分にまんべんなく散っている。たぶんこの絵を描いたとき、セザンヌにとっては細部をいちいちきれいに塗りつぶすことが重要ではなかったのだろう。顔に肌色を塗ったその筆で、もうすこし顔の輪郭に近いところまでていねいに塗りつぶしておいたらよかったのに、と言ってもしかたがない。この「坐る農夫」が描きかけの未完成品でないのならば、安東次男の「枝おろし」ほかの詩もまた、やるべきことを果たせなかったのではなくて、これが完成形なのである。

藤原宮址にて　　安東次男

十一月の汗をかくほとけの微笑
に飽きてくらがりで時計を見る
無意味なくせをやめたニシキギ
の寺をくだりはじけたアケビの
実に似た川をさがして夕もやの
地形にまよいこんだカンナビの
金色にアトリはいずアケビのた
ねを散らしながらまばらな松林
へいそぎ脚の長い女の子にあい
さつされたプールのある小学校
の庭でホツケでらの観音の伏目
にはすこしたりなかつた右手を
思いだした指紋のない三かみ山
の　そとへどうやつて帰ろうか

一九七〇年『現代詩文庫36　安東次男詩集』

「枝おろし」よりもさらに連句の雰囲気が色濃くなった。ここではことばのペアが一行単位よりももっとちいさくなり、「十一月の汗をかく」「汗をかくほとけ」「ほとけの微笑」「微笑に飽きて」とめまぐるしくイメージが像をむすび、むすんだかと思うとすぐに流れて消えていく。

「指紋のない三かみ山」のこわさ、まがまがしさは印象的である。山に指紋がないのはあたりまえだが、ここでは「右手」「指紋」とたたみかけられているために「三かみ山」がそこにいて息をしている人のように読め、そして指紋がないことが奇形性をおびて感じられる。指に指紋がないのか、指そのものがないのか、どちらにせよ西洋の絵画に描かれた一つ目の巨人のように、あるべきものがそこにないこわさが漂う。

この詩のくさり状のことばのつながりにからめとられてしまえば、〈指紋のない三かみ山の　そと〉へはだれも帰ることができないだろう。

この詩もやはり音読できない詩だと思う。ひとつのことばを前のことばとまとめて読むか、あとのことばとまとめて読むかは音読のしかたで表現できるが、「前ともつながっていて、そのつながりとは独立に後ともつながっている」ということを音読で表現するのはほぼ不可能である。むりに音読すればこっけいになるばかりなのは、「薄明について」とおなじである。

詩は朗読されるべきものであり、まず耳にここちよいものでなければならない、という西洋的常識（または日本語において詩歌がすべて「声」であった幸福な時代の常識）を、なにも考えずにそのまま信じている人が多いのではないか。西洋の言語はどれも、文字で書かれた詩を朗読することに格別の困難はないかもしれないが、日本語では事情が違う。

第一に、日本語はあまりにもかんたんな音韻体系しかもっていない。それは他の言語では明確に異なる音が、日本語で言おうとすると同じになってしまうことでわかる。英語のsome と thumb はどちらもサムになってしまい、中国語の chan と chang（それぞれに四種類ずつの声調があるので、二×四で八通りのそれぞれ異なる音である。耳で聞いて識別できる）がすべてチャンになってしまう。場合によっては zhan や zhang なども日本語ではチャンになることがあるから、実際にはもっと多い種類の発音がたったひとつの「チャン」にまとまってしまうのである。これだけ種類の少ない音で、少しでも内容のこみいった話をすれば、耳で聞いただけですべての意味をまちがいなく理解するのは難しい。日常語の文脈をはなれた詩句ならばなおさらではないか。

第二に、さきにちょっと書いたように、「バラ」と「ばら」と「薔薇」がそれぞれはっきり異なる印象をあたえる表記である以上、これらは詩句としてはそれぞれ異なる単語と考えるべきであるが、それを声に出して読みわける方法がない。

第三に、現代詩ではとくに、文としての整合性がくずれている場合がある（主語と述語、修飾語と被修飾語のような「かかり・うけ」の関係を、いつもきちんとととのえて書くとはかぎらず、言いさしにしておいたり、わざとねじれた文をつくったりすることも多い）。これを耳で聞いて（しかも一回聞くだけで）書いた人の意図どおりに意味を理解することは非常にむずかしい。

安東次男の詩に音読できそうなものが絶無というわけではないが、ここでは音読不可能と思われるものを引用してみた。「日本の現代詩は（少なくとも自分の書く作品は）、声に出して読むことは不可能である」と考える詩人もいるのである（わたしもそうだ）。

音読の可能性を捨てて、視覚でとらえてもらうことだけを考えた詩を書く人が、もっと出てきてもいいのではないかと思う。そうすれば「音読不能な詩」のあらたな表現も模索され、世界に類をみないような新鮮な詩の地平へとあゆみだしていく可能性もあるだろう（もともと世界に類をみないような言語で書いているのだから）。

しかしわたしの知るかぎり、安東次男の実験はその後の詩人たちによってしっかり継承されているとは言いがたい。これは日本の言語表現にとってきわめて重要な問題なのに、この問題に正面からとりくんでいる詩人はあまりにも少ないし、またこうした観点からの批評も少ないように思う。

安東次男の、音読不可能な、抽象画のような詩は、たしかにテロだったかもしれない。テロというものは、ごく一部の人の熱烈な支持をうけるが、ひろく世間の人は「理解できない」という嫌悪感をもって遠巻きにそれを見る。

でもそれはもう半世紀以上も前におこなわれたテロである。われわれは当時の人よりはよほどおちついて、「歴史上のテロ」の目的と手法を検証することもできるのではないか。

第４章　たちあらわれる異郷

川田絢音のことば

暑い夏だった。

連日、真昼の気温は四十度ちかくまで上がった。それでも湿度が極端に低いので、ちょっとした木陰に入るだけでもかなり楽だった。汗をかいた自覚がないのに服はすぐに白くよごれた。流れる前に蒸発してしまう汗が、塩になって残るのである。

一九八四年、北京、五道口。そこでひと夏を過ごしているうちに、20歳になった。外国語大学のひろい敷地のはずれにある留学生宿舎に住んだ。朝六時から太極拳クラス、朝食をとって八時からが、外国人留学生のための中国語クラスだった。ひとクラス五人、休憩はなしで連続四時間。昼食後は、書か歌のクラスに出る。

判でおしたようなそういう生活に、わたしは飽きてきていた。

もたされているのは外国人専用の貨幣である。

そのお金をもっていると、外国人とみなされ、外国人専用の高級なホテルや土産物店に入ることができる。そして、そのお金をもっている人は、中国人民だけが行く店や宿泊施設は利用できないのだった。

わたしはヤミで、もっているお金を人民元にとりかえた。レートは外国人にきわめて有利であった。ひとりで外出するときは、服装や持ち物に気をつけて、中国人のふりをすることもおぼえた。さいわい、わたしは多くの中国人に「中国人にしかみえない」と言われる顔立ちをしていた。中国語も、「広東からきた」という嘘が通用する程度には話せた。中国はあまりにも広大なので、正真正銘の中国人であっても、普通話（中国の標準語）がなめらかに話せない人は無数に存在する。

外国語大学では、週末ごとに留学生のための一泊旅行のコースが提供されていて、格安の参加費で団体旅行に連れていってもらえることになっていた。大学は、資本主義国からの留学生をなるべくひとまとめに管理して、中国人民から離しておきたかったのである。でもわたしは、週末まで留学生の団体のなかにいるのが息苦しかった。なにかと口実をもうけて週末旅行に参加せず、ひとりで外出するときの解放感はすばらしかった。

その土曜日も、留学生たちが団体旅行に出かけたあとのがらんとした宿舎にひとりで残った。郊外の長期滞在型ホテルに暮らしている日本人教授に会いに行くつもりだったのだ。前の年に、アルバイトをしていた出版社の仕事でこの国文学の教授を知り、来年度は北京の大学で教えることになっているから、北京に行くのならぜひ遊びに来なさいと言われていた。春になって滞在するホテルの部屋がきまったとき、教授みずから電話でそれを教えてくれた。

そのときに書きとめた番号に前夜電話をかけて、約束はしてあった。教授は夕食に招いてくれたので、わたしは昼すぎに留学生宿舎を出て、それまで乗ったことのない、郊外に向かう路線バスに乗った。その路線の終点で、さらに郊外行きのバスに乗り換えるのである。

バスは舗装されていない田舎道をひたすら走った。乗客は多くはなく、外国人はわたしひとりだ。でも、乗りあわせた人たちは、わたしを中国人とみなしたと思う。乗り継ぎのバス停は一見すると廃墟のような荒れた村にあり、いくつかできているまばらな行列のどれがわたしの目指すバスのための列なのかをあたりの人にたずねた。

たどりついたホテルは巨大で、さびれていて、服務員の姿はほとんど見えなかった。探しあてた部屋番号のドアで、教授はにこやかに出迎えてくれたが、その奥で教授のふたりの子は部屋じゅうのものを投げつけあう派手なけんかの最中だった。夫人は玄関に出てきてようこそいらっしゃいと言ったが、こめかみに目立つ膏薬を貼りつけている言いわけのように、きょうは頭痛がひどいので、とつぶやき、すぐに寝室にひっこんだ。

服務員に運ばせた華やかな夕食のテーブルはしかし終始気まずい雰囲気で、教授とわたしはそれぞれに通っている大学での困難な体験をぽつぽつと語りあい、それで話題はおしまいだった。

ゲスト用の部屋がとれるから泊まっていけばいいと言われたがその元気もなく、教授の部屋を辞して帰りのバスに乗った。宵の口だが乗客はほとんどいなかった。しばらくぼうっと郊外バスに揺られて、また乗り換えの廃墟に着いた。

降りぎわふと思いついて、五道口行きの路線バスはつぎは何時に来るのかと女車掌に聞いた。車掌は即座に明日だと言った。今日はもう来ない。

とつぜん自分の輪郭がぐしゃりと圧しつぶされた気がした。日が暮れたといってもまだこんなに早いのに。なぜ五道口行きは来ないのときつい口調でたずねた。

車掌は無表情で、わたしの質問を無視した。何度もくいさがって聞くと、ことさらに胸を張るようにして、今日はどこだかで道路工事があるせいで、その路線だけは夕方六時まででで終わったと宣告するように言った。とにかくこの車はここで折り返しだから早く降りて、と肩を押された。

めまいがした。ここはほんとうの田舎の村で、泊まれるところがあるようには見えない。それどころか飲食店の看板ひとつない。周囲数キロに日本人も、日本語を話せる人も、ひとりもいないだろう。もちろん、このまま折り返しのバスにまた揺られていけば教授のいるホテルにもどれるが、そこは心理的には地の果てほども遠く感じた。

車掌に向きなおり、べつの路線なら走っているんでしょ、とつめよった。五道口行きは運休でも、べつの路線を乗り継いで迂回すれば行けるでしょう。早く教えてとくりかえすと、彼女はいやいや路線図を取り出し、さもばかばかしい愚挙を語るように、ぐるっとたわんだ線を空中に指で描きながら、二回乗り換え、と言った。彼女の手から路線図をひったくり、急いでその路線番号と行き先を書きとった。身体じゅうから重たい砂がこぼれだすように急激に疲れてきた。わたしは謝謝すら言わずにバスを降り、やがてのっそりと姿をあらわした、聞いたこともない町に行くバスに乗りこんだ。

もうすっかり暗くなった知らない町、知らない道で、知らないバスに乗ったわたしは、自分というものにかつてあった「意味」がすべて漂白されてなくなってしまったような気がした。

わたしは幽霊のようだった。

その場のどんな人とも、物とも、関係がなかった。

おとなになってから習いおぼえた外国語で、気をゆるせない相手とせっぱつまった交渉をしているとき、わたしの輪郭線がゆるんでくずれだす。

母語はわが身にぴったりと添うやさしい衣服だ。伝える／伝わることばには過不足がない。文意も語感もすべてすこやかに、やすらかに受けわたされていく。母語はわたしの描く自分像の輪郭をきれいにととのえ、そのかたちを守る。

しかし外国語はそんなふうにわたしを包んではくれない。目の粗いごわごわした網のように、すきまばかり目立ち、あちこちで身体から不自然にうきあがる。やわらかいところがむきだしになり、現実のざらざらしたところにこすれて血がにじむ。わたしは衣服をとりあげられて、怒りのような感情にただふるえるだけだ。

ことばの「あたりまえさ」がどこかに押しながされた場所で、ぎくしゃくした感情語をあやつるとき、人の心は寄る辺なさにふるえ、孤独にひたされる。

しかしこの孤独は、人間のたましいの奥底をささえる、人間としてかならず抱いていなければならない孤独でもある。

この孤独感は、それまでに味わったことのある孤独とは種類のちがうものだったので、当時のわたしにとっては新鮮だった。自分の「意味」が漂白されて消えてしまったことも、印象的な体験だった。

わたしは、そのときの自分の感情を、なるべく変質させずになんとかおぼえておこうとした。しかし、名づけられない感情というものは、だんだんに薄らいでやがては消えてしまうものである。このときの感情的体験はきわめてあざやかなものであったけれども、日本に帰ってまたもとの日常をとりもどせば、その鮮烈なひりひりするような感じは少しずつ遠のいていく。

そんなときに川田絢音《あやね》の詩に出会った。

トマト　川田絢音

いっしょに住みはじめてまもなく、ジャンカルロは田舎の家からトマトの苗をもらってきて庭に植えた。工場から帰るとかならず庭に出て、ホースで水をやる。夕食には牛乳をあたため、パンをちぎって浸したのをひとりで食べて、いそいで毛沢東派の集会所に出向いていく。

帰りは遅い。

何時になっても、その歩き方をかげんするわけではない。かかとで打ちつけるような足音をたてて帰ってくる。台所で水を飲むと、蚊がいるかどうか、家じゅう電灯をつけて調べてまわる。歯をくいしばり、シーツをまるめてボールのように投げつけて天井にとまっている蚊を殺す。

トマトは伸び、茂って、いくつもの緑の実をつけた。ジャンカルロが竹をたて葦でゆわえると、トマトの葉の匂いが家中にただよった。

暇があると、彼は競技用自転車でカッシーネの森を二度くらいまわってくる。あるいは窓のない部屋に入って、内から鍵をかける。

「フーッ、フーッ」と規則的な呼吸をもらして重量あげをしている。

家にはジャンカルロの足音、身動きの重くたしかな気配ばかりがあった。話しかけると、「ほっといてくれ」と彼はいらだった。

スーパー・マーケットからの帰り、彼は自転車を押して歩き、横でわたしは両手に買物の袋をさげて笑っていたが、無理をしているような気がした。

彼の紺色の仕事着やランニングシャツを洗って庭にほしても、台所を磨いても、わざとしている感じがしてならなかった。

まだ、彼が鉄のベッドを置いただけの部屋にいた頃、夜明け前にわたしの下宿までオートバイで送ってくれ、彼はそのあと工場へ行った。あの頃、街角で誰かのオートバイを見ただけでびくっとした。彼の姿も見えるような気がした。

休暇になってすぐ、ジャンカルロは東欧へ一カ月がかりの旅行に出かけてしまった。誰と行く、とも言わなかった。

トマトのことが気になったが、わたしも街を離れた。二週間ほどして帰ってみると、土はかわいて葉もところどころ黄色く枯れているのに、トマトは熱くいくつも熟れていた。オリーヴ油と酢をふりかけて、毎日のように食べなければならなかった。

九月の終り、いくつか残った小さな実が雨でおちると、
ジャンカルロはトマトを根ごと引きぬいた。庭はそのま
まに放られ、夜の暗がりに、平たく黒ずんで見えた。
わたしは以前の下宿にもどった。
彼はそこで、テレーザと住む。

一九八四年　詩集『サーカスの夜』

この詩には、「あのときのあの孤独」が描かれていると感じた。

もちろん、べつの人のべつの体験であるから、わたしのものとおなじではない。それに川田絢音の詩は、わたしのあのときの感情をそっくりそのまま再現するというわけでもなかった。たぶん、わたしの中国語よりも川田絢音のイタリア語はよほどしっかりしているのだろうし、わたしが留学生宿舎に隔離された外国人だったのにくらべ、川田絢音はイタリアにおいてふつうの生活者である。わたしの孤独感は母親に放りだされた幼児のいだく恐怖にちかいものだが、川田絢音の孤独感はもっとおとなのものだと思う。

しかし、そこに描きだされた「異邦人の孤独」はわたしを魅了した。こういう孤独をこ

の詩人はたいせつにし、忘れないように詩にしたのだと思えた。その点でわたしはこの詩人を好きになった。

なぜかはわからないが自分が一生こころに刻んでおくべきもの、けっして忘れたくないものとしての孤独感。それを詩のかたちにして書いた人を、わたしは見つけたのだった。

この詩に描かれているのは、母語のない風景だ。日本語で書かれているのに、ことばつきがどこかぎくしゃくして、つたない外国語の直訳みたいに感じられる。最終行の〈彼はそこで、テレーザと住む。〉の「そこ」は、一見するとその直前の行にある「以前の下宿」を指しているように錯覚してしまうが、状況を考えればたぶんそうではなくて、「わたし」は「わたし」の以前の下宿にもどり、ジャンカルロは彼の家でテレーザと住むということなのだろう（それとも、トマトの植えられていたこの家をジャンカルロもはなれるのだろうか。それは考えにくい気がする）。こういうこまかいつまづきは、もちろん詩人の不注意などではなく、わざとしかけられているものだと思う。

伝達のたどたどしさともどかしさ。

ざらざらが裸のこころをこすりあげていく。

外国語とはいえ、その国にながく暮らしている人にとっては、耳になじみ、身体の一部になっているような気さえする響きであり声であるだろう。でもそれがとつぜんつめたく無表情になる瞬間がある。

身に添わない外国語のすきまから侵入してくるのは、ことばにならないことばだ。ジャンカルロの容赦ない足音、肉体にかかる負荷をあらわす規則正しい強い吐息。それらはことばではないが、ことばのように、あるいはことば以上に、ジャンカルロのささくれだったこころを伝える。

ことばではないこうした表現に、ことばをもって応えることはできない。人はただ、ふいに厚みを増した「異郷」の存在感にだまって耐えるだけだ。

日曜　川田絢音

夫婦はおそろいの長靴をはいてきのこ狩りに出かけた。
午後、テーブルいっぱいに並べたきのこの土を落としながら、彼らの表情は明かるい。庭のバラの萼がふくらみ、雀たちが透明な球のように舞いおりてパン屑に集まってくる。彼女がそれを、いかにも彼女の配慮のいきとどいている証拠のように話している。

夜になって、

「映画に行く」

と、彼女の夫が外出した。

飛行場予定地の金網のところで、

「映画に行くと言ってきた」

と言われたことがある。

彼女はわたしを誘い、犬を膝に抱いてテレビを見る。犬が小石を飲んでしまった時、手術を待って、彼女は薄い肩をおとしてうつむいていた。その夜はサロンの隅で、お腹の包帯に血をにじませた犬と並んで横になった。犬が回復に向かい、出張していた夫も帰ってくると、方々に電話をかけて犬にどんなによくしてやったか自慢した。相手にひとことも口を挟ませない強い声をとりもどしていた。

「眠い」

彼女が立ちあがって寝室にいった。
よく磨かれた床、戸棚の上にきじの剝製が置いてあり、
どこからもひびの入らない白い壁が室内をめぐっている。

一九八四年　詩集『サーカスの夜』

おそろしい詩だ。

彼女の夫の外出がたんたんと示され、もう次の行で、それがよくない秘密であることが示唆される。いっぽうで自信にみちた（あるいは自信にみちていなければ自分自身をささえていられない）妻の城である家は、どこからもひびのはいらない白い壁に守られている。「わたし」は宙に浮いている。

〈飛行場予定地の金網のところで、／「映画に行くと言ってきた」／と言われたことがある。〉

この三行は回想のシーンで、描かれている場面よりも過去である。「わたし」は妻の側にも立っていないが、この夫と秘密の愛をそだてているようにも見えない（そもそも、飛行場予定地にいた男がだれなのかは読者には知らされていない。いや、それが男だったか

どうかすら)。「わたし」はただ幽霊のように、だれともまじりあわない異物としてその家にいる。

「わたし」がこの環境のなかの異物であると同時に、この環境が「わたし」にとっての異郷なのだ。

これは詩という「作品」なので、もちろん「わたし」がそのまま川田絢音という詩人であるわけではない。書かれたものは、書かれた時点ですでに虚構である。詩を読めない人は、ここでつまづいていることが多い。

詩はことばそのものであり、ことば自体を読むものだ。書いた人の「人となり」を解読するためのものではない。わたしたちは、括弧つきの「川田絢音」という存在を読んでいるのである。川田絢音が「川田絢音」を演出している。そのことは忘れないですすんだほうがいい。

川田絢音の詩のなかでは、「わたし」はどこへ行っても、だれと会っても、性的な関係でしか環境のなかにつなぎとめられていないように見える。それはとても危うく苦しい存在のしかたであるが、異国から流れてきてうしろだてもしがらみもない、土地や家系の歴史ともかかわりのない、ただの名もない「女の肉体」として存在し、その一点だけに自分の「意味」を描きだしている精神の、なんとすがすがしく清潔なことだろうと思う。

外側から　川田絢音

ちょっと　そのまま
裸で踊ってみせてください
あなたとこうしていることは
彼女を裏切ることになるでしょうか
カナリアちゃん
また　しましょうね
僕の名はユベール
今晩きみんちに泊れる?
はかり知れないこの出会いが
突然の　愛撫の時を　呼びおこしたとして
何を悲しむことがあるのですか
やさしさが必要かと思ってね

幼稚はいいが
白痴は
こまる
金曜に寄るからね
僕はヘルペス持ちだから　きみが
ヘルペスになる可能性もあるっていうこと
漁に出ていたらマンボウが
網にかかったんです
お月さんみたいな魚ですよ
元気かいハイエナ
吸血鬼
あんたに刺激されたんだ
ぼくがおとなになったら　ぼくが　あやねさんのうちへいきます

一九八六年　詩集『朝のカフェ』

一読では気づきにくいが、ていねいに読みなおしていくと、これがたくさんの男たちの、それぞれべつべつの台詞なのだということがおぼろげにわかる。

はじめのほうはそれでもまだ甘い響きのことばだが、だんだんにつきはなすようなつめたいニュアンスを帯び、おわりのほうでは攻撃的になる（〈あんたに刺激されたんだ〉は恋のささやきではなくて、肉体関係はあんたがおれを性的に刺激したから生じたもので、おれはこんな関係を望んでいたのではない、という、卑劣な逃げのことばである）。さいごにまだ幼いのだろう（すべてひらがなで表記されているのがそういう感じをあたえる）少年のことばがあるが、このことばもなんらかの残酷な文脈をともなうものなのかもしれない。

すべて、性愛の場面か、それに近いところでのことばだろう。この詩に「外側から」という題があたえられたのは象徴的だ。異国の男たちは「外側」なのであり、「内側」である自分自身との通路は性愛だけなのだ。

人はだれでも孤独であり、また孤独であるべきだ。けれども人はついだれかのこころの中に自分の存在を押しこみたがる。相手にとって自分というものが「意味」をもつと信じたいのだ。名前のある、ほかのだれとも異なる、識別してもらえる一個人でありたいのだ。

そう思うとき人は、人と通じる回路としてのことばをもたなければならない。だれにとってもぶれのない意味内容をもち、言った人と聞いた人が過不足なく感情や価値観を共有できるような、最大公約数のようなことばを。

しかし、だれにでも通じることばは、深みというものをもたない。「通じる」度合いが高ければ高いほど、そのことばは記号化し、符牒のようなものになっていく。

詩のことばは、そうしたことばの対極にある、孤独のためのことばだ。安易に通じてしまってはいけない。詩のことばは、母語でありつつ異国的なことばである。詩が難解であるとしたら、それは必然なのだ。

いま自分のいる環境を「異郷」と認識し、そのなかの「異物」として存在することに耐える。詩はそういうものだ。そのようにして書かれたものを、一読してぱっとつかむのはとても難しいことで、はじめからないような通路を苦心してこちら側から掘りぬくのでなければ、詩は読めなくてあたりまえだと思う。

川田絢音の詩がきわめて孤独に見えるのは、そこに描かれているのが異国や異人だからではない。川田絢音がすぐれた詩人だからだ。力や名声や「あたたかい家庭」や、ふつうの人が財産だと思うようなものから決定的にはぐれている身体ひとつの女が、どんなに強靱なことばにたどりつくか。詩のもつ孤独の力が、弱く小さいはずの人間の精神を、遠い遠い高みまでつれていく。

次のような詩を読んで、わたしにはもうどんな感想のことばもない。こんな詩は、じっと読んでいる場合ではないのだ。自分もまた詩の翼をつけて、この高みまで飛んでいきたい、飛んでいくべきだと思う。

詩を書いて生きていくというのは、人から遠く遠くはなれたところに飛んでいき、目のくらむような、光りかがやく孤独を手にいれることなのだろう。

グエル公園　川田絢音

わっと泣いていて
夢からさめた

夏の列車
知らない人に寄りかかって
眠っていた

汗をかいて
グエル公園に登ると
りゅうぜつらんのとがったところで
鉄の棒をもった少年たちが
コツコツ　洞窟のモザイクをはがしている

青空に　近い広場で
好きな人を
ひとりづつ　広場に立たせるように思い浮かべていて
酢みたいなものが
こみあげた
ここで　みんなに　犯されたい

一九七六年　詩集『ピサ通り』

第5章　生を読みかえる

井坂洋子のことば

どれだけものを考えつめたつもりでも、人はその年齢なりのことしか考えられない。あとからふりかえってはじめて、「あのとき」に意味が発生する。だから人はたびたび過去をふりかえり、自分の生きてきた物語を読みなおす必要がある。

22歳で、長年したしんだ学校という居場所から追いだされ、わたしには行くあてがなかった。居場所をもとめるという意味では進学したほうがよかったのかもしれない。しかし当時のわたしは、自分自身にそのような高い賭け金をつむ気になれなかった。

書くことを自分の仕事にしようと学生のうちに決めていたが、だからといってきょうあすの予定が決まるわけでもない。わたしは当分のあいだどこでもないような場所にぽつんと立って、社会的には塵にひとしいちっぽけな個人として生きることにした。ひと山いくらで与えられる事務的作業（自嘲的に賃仕事と呼んでいた）をあちこちの会社でしてそのときどきの収入を得ながら、それでもわたしは名前のない、年齢も性別もない、なにものでもない存在になった。

いっぽうでわたしの優秀な女ともだちは、この年吹いた「男女雇用機会均等法」という風をとらえていっせいに飛び立っていった。総合職女子の募集が、これからはつねにあるのだ。男が歩む出世のコースに、自分も同じ資格でエントリーしてよいのだ。彼女らは、女の学生にあたらしく与えられた夢をたのしんでいた。型式上の受け皿が用意されたということは、自分個人が受けいれてもらえるということと同じだと、彼女らは思ったようだった。

それぞれの業界で日本を代表する大企業に所属し、会社員としてひとつずつ上の肩書を手にいれていく道が自分にもひらかれたことを心の支えにした彼女らの自意識は、はじめはきらきらとかがやいていたと思う。しかし数年もたたないうちに、彼女らはすっかり変わってしまった。

こころの変化は、外から見ただけではわからない。しかし態度の変化はすぐに目につく。よくできる学生であった頃の彼女らは、みな勉強家であり、努力をおしまず、活動的であった。はきはきと意見を述べ、てきぱきと行動にうつす姿がたのもしかった。しかし彼女らのそうした快活さはじきに消えてしまい、かわりに目につくようになったのは、まるで別人のようなふるまいだった。

できるかぎり速度をおとしてささやくように話す。視線は上目づかいでまばたきを多く。甘ったるい声と舌足らずな発音。あらゆる語尾をはっきり言い切ることなく、相手の発言を否定・訂正したいときはほほえみながらごくわずかに小首をかしげるにとどめ、自分の個人的な価値判断は表情にけっして出さない。それが彼女らのあたらしく手にいれた身体表現だった。

ひとりひとり離れた職場に行った女たちが同時にそう変化したのをみると、これは意図的にそうしたというよりはほぼ無意識に身につけたふるまいなのだろう。そして無意識であるために、かえってそれは彼女らの身体にふかく染みついたのである。

メンバーのほとんどが女だという職場や、もともと男女の区別のない職場に行った人には、こうした変化はあらわれなかった。たとえば同い年のナースたちに、まばたきの多い上目づかいでゆっくりゆっくり話す人はまずいない。いわゆる男社会の組織に参加した「出世志向の女」だけが、こうした擬態を身につけたのだ。

「わたしは男を凌駕しようとか、見下そうとか、そんなことはつゆほども思っていません」ということを、彼女らは朝から晩までかたときも休まずに態度で表明しつづけた。

まわりの男たちにまさる実力をつい無邪気に披露したために「あの女は生意気だ」と陰口をたたかれたちまち孤立する、そういう実例を彼女らは身近にいくらでも見たのである。

彼女らのひとりは、あるとき酒に酔って「いったん生意気な女と判定されたらもう会議で提案をさせてもらえない。『けなげで献身的で、男の言うことをけっして否定しない女』をいつもいつも演じていなければならない。本来の自分の人格なんてもう忘れてしまった」と愚痴をこぼした。

わたしよりも少し年上の女から、少し年下の女までだ。

毛筆でしたためる年頭の色紙にさえ、中学生のときにおぼえた「丸文字」しか書けない女。高校生のころ「かわいい」とされていたアイドル歌手をまねた化粧や髪形を現在も死守している女。そういう例を目にするたびに、不快感と同時に痛々しい感じを受ける。

こういう「わたしは弱く幼くおろかで無害な女です。男に保護してもらわなければ生きていけない存在なのです」という過剰な自己演出は、これから社会に出ていく女たちにはもはや採用されていない。

たしかに、二十一世紀に入ってからの女の学生たちの書く文字にも、その世代特有の「流行字体」があることはある。しかしそれは、昔の「丸文字」のようにとにかく幼稚で無邪気な感じばかり前面におしだしたものではないし、「丸文字」がわたしの世代を席巻したほどみながいっせいに書いているわけでもない。

女たちの態度が変化してきたのは、あのころの「擬態」がお世辞にも上品とはいえず、戦略とも呼べないような急場しのぎの対処だったせいでもあるだろうし、どこの企業にもいまはもう女がたくさんいて、女が同僚や上司になることに男たちも慣れてきた環境のせいもあるだろう。

しかしいずれにせよ、これはかつてほんとうに起こったことであり、わたしの世代の女のもつ傷なのだ。男の職場に乗りこんでいき出世をあらそった体験のない、したがって声や発音を変えることもなかったわたしにはこの傷はつかなかったのだが、それでもわたしはおなじ時代を生きた女としてこの傷を共有している。

強い外力がくわわったことによって、心身が変形する。それはたいてい、つらく不愉快な体験として記憶されるものだと思う。人間は本質的に変化をきらう。強いられた変化はなおさらである。病気や怪我で身体の一部をうしなったときの喪失感から、まげられない信念をどうしても放棄せざるを得ないときの葛藤まで。人の一生は、こんな変形の痛みの連続だともいえる。

しかし、変わることが不愉快だというのは、「外力がくわわらなければ変化しない、もとの自分」というものを想定した考えかたであろう。不動の自分、無傷の自分なんて、そんなものがあるのだろうか。かりにあるとして、それは価値あるものといえるのか。同級生たちがあたらしく獲得した奇妙な甘い声を聴きながら、わたしはいつしかそう考えはじめていた。

わたしは彼女らに、自分も彼女らの仲間であったころの、あの快活でのびのびとした姿にもどってほしいと思ってしまった。あのころの姿こそが彼女らの本来の姿だと思ったからだ。しかしそれは、その頃流行していた「ほんとうの自分というものがあり、それこそは無上の価値なのでなにがあっても守りぬくべきである。変わらぬ自分こそが真実の自分だ」というメッセージ（それはポップ・カルチャーのあらゆるシーンに氾濫していた）を肯定することではないか。

何度考えなおしても、そんなメッセージに同意することはできなかった。人は変わるのが自然であり、またほんとうでもあるはずだ。わたしは彼女らの変化を「外力がくわわってできた傷」ととらえるのではなくて、「一生かけて変転していく彼女らの姿の、ひとつの段階」と見るべきなのではないか。いまわたしが不愉快に感じる彼女らの身体表現も、このさきまた変わることもあるかもしれない。たとえ死ぬまで変わらなかったとしても、それはたまたま変化の機会がなかったというだけで、また違うタイプの外力が強く作用すればきっと変わる。

人は変わっていくもので、不変の自分というのはときに有害なフィクションである。

そこまで考えるのに何年かかったか、もう思い出せないほど長い年月だったのはたしかだ。自分個人の物語と、自分の属する世代の物語は、たがいにふかく関係をもちながらも反発しあい、わかりやすいストーリーに回収しきれるものではなかった。なかなかすすまないわたしの考えにいつも伴走してくれたのが、井坂洋子の詩だった。

井坂洋子の詩においては、「わたし」の像がいつも揺らいでいる。くっきりとした人のかたちの輪郭線にかこまれた揺るがぬ自分像など、探してもどこにも見当たらないほどである。

詩のなかに登場する「わたし」の姿はその詩ごとにさまざまだが、たとえばドラッグストアの前で従妹によびとめられてはじめて自分の名前を思いだしたり（つまりそれまでは名前のないのっぺらぼうの存在として歩き、思い、電車に乗ったりもしているのだ）、「バスタブいっぱいの湯」と「はだかのわたし」が「ふたりきり」と描写されたり（「わたし」は湯という無生物とすら対等の存在なのである）、なぜか奇妙なトリの群れにまじって眠っているうちに、さしせまった火山の噴火と溶岩流の危機を察知し、トリたちを巻き添えにしないよう「交尾の呻きのような声で鳴きわめいた」りもする（それまでは膝をかかえて眠っていたはずの「わたし」の肉体はいつのまにかトリの声を出し、さらには体の裂け目から溶岩すら流しはじめる）。こんなふうに、井坂洋子の詩のなかの「わたし」は、はっきりとした人間のかたちをとらないのである。

人はみな、自分自身のすがたを知っていると思いこんでいる。鏡をのぞきこまない日はないし、写真にうつった群衆のなかからでも自分自身を容易に発見する。人間にとって自分の像は、こころにふかく刻みこまれた、不動のものであるように思える。

しかし、自分の表情、しぐさ、姿勢やふるまいなど、ほんとうはどれをとっても自分自身には見えないものだ。わたしは、カフカの書いた奇妙な主人公のように、人から見れば一匹の巨大な虫なのかもしれないのだ。

甲虫《こうちゅう》　井坂洋子

眠気を誘う偵察機の爆音が近づいてくる。われわれはみな、白っぽい大きな図体をして葉の裏にしがみつく。いくどやってきたとしても同じこと、雑草《あらくさ》の葉の裏にぶらさがって、茎に頬ずりしている間は、しあわせなことに目も耳も退化して痛むところのない体を与えられたことを天に感謝すらしているのだ。

爆音が去り、足の裏に風がゆきすぎるのを感じると、不安になってあたりを見回すが、みなそれはもう持ち前の穏やかさで顔色ひとつ変えず、明日の天気の占いなどしはじめている。つの突きあわせて大のおとなが何を考えているのかと言いたいくらい安逸と怠惰に身をまかせ、光の射す角度や隣りの茎との距離を大雑把にみつくろい、空想にふけるのにもっとも適当な場をはじきだして、ガサガサと移動する。

　するともう眠くなってくるのだ。半睡のまま、光と影とのあわいに腰をひくつかせて、それぞれがこう考えている。「最近はあれこれ想像するだけで半日楽しめるといった人種が増えつつあるらしい。それというのも危険な運命をまぬがれて、半病人が苦い薬を喜んで飲むような具合に、人なみに苦楽を経《へ》、とりあえず人生の大半を生きたと思っているからだ。人が旅からとって返しているのに、自分はその間、ずっと眠っていた。まだ、半分、四分の一、八分の一も生きてやしない。」

そしてある日誰かが、苛々とつぎの旅の仕度をはじめる。

日がかげり、茎の影とがわかちがたく同色に染められた時分になって、「さあ、はじめよう」と言うのである。なぜ白っぽい大きな図体のままで葉の裏にしがみつき、やりすごしている自分ではいられないのか。のりおくれたくない者はみな、いや、のりおくれることが好きな連中まで渋りながら身をひきしめて、獰猛な猛々しい口つきになっていく。

一九九一年 詩集『地に堕ちれば済む』

あのころのわたしたちを包囲していた「不変の自分、揺るぎない自分」というフィクションを、井坂洋子の詩はいつもかろやかにくつがえしていった。

この詩だって、人間を甲虫にたとえた寓話仕立ての詩などではない。そういうふうに読むと、この詩はきゅうにスケールが小さくなり、凡庸な表現物になりさがる。この詩のなかの「われわれ」はほんとうに甲虫なのであって、この詩は「人はまったき人間でありながら同時に虫であることもある」ということを示しているのだ。

鏡をのぞきこんで、そこにうつったものが人間のかたちであると見るのは、感覚の感度がそれほどよいわけでもない視線であり、かたよった先入観にあらかじめ染められた意識である。われわれは、自分で思っているほど、純粋に視覚のちからでものを見ているわけではない。

井坂洋子の描いた「甲虫」は、われわれのとりうるすがたのひとつだ。こういうふうに見えてもおかしくはないのだ。ただ、われわれは自分が人間であることにあまりにも自信をもちすぎているので、鏡にうつる自分がとても虫のようには思えないというだけなのである。しかし、すぐれた表現物は、われわれが虫である可能性を稲妻のようにひらめかせ、それを忘れていた苦みとともにわれわれに思い出させる。

絵画でこのようなことを表すのは困難だし、小説でもかなりうまくやらないと無理だろう。しかし、詩にはすんなりとこういうことができる。井坂洋子の詩は、詩という表現形式の強みを、ほとんど誇示しているようにみえる。

もう少し長い詩で、そのことをあらためて見てみよう。

山犬記　井坂洋子

わたしはすりですが、すりであることを恥じてはおりません。とったものは返しません。これ、基本です。若い時分ですが、夕刊売りの娘からもすったことがありました。大正だったか、昭和になりかわっていたか、そのころ、夕刊は二枚で三銭でした。かわいそう、とも思いませんでした。根城にしていた官庁街に立っているんですから。わたしだって商売です。

ちょっとは気になりましたから、翌日も立っているのを見て、ほっとしました。でも、客引きのためにリンリンと鈴を振っているその足もとに、耳がしゅんと垂れたみすぼらしい犬がすわっていました。

フーンと思いました。防犯用なのでしょう。

わたしは小銭をだし、夕刊を買い求め、「君の犬なのかい」と声をかけました。

「いいえ、ついてきちゃうんです。食べものなんかあげられないのに」

犬はきょとんとわたしの顔を見あげていました。

「これで、なにか買っておやり」

わたしは昨夜の金を握らせると、急いで立ち去りました。そんな行為こそ恥ずかしく思ったのです。

それから数日、娘には会いませんでした。いや娘は街角に立っていたのかもしれません。わたしがよそで商売していたのです。気疲れするばかりで不健康な日が続いていました。

仕事が一段落したころ、むかしの仲間から連絡があり、夕方に会うことになりました。仲間ったってこれのほうじゃありません。彼は会社につとめていました。

ゴーリキーからチェーホフ、アルツィバーセフと夢中になって読み、顔を合わせれば発奮して論じ合わずにはいられなかったあのころは、みんな若かった。三日と置かず会う機会をつくっていながら、夜更けの街を、別れがたくいつまでも歩き回ったものでした。

「今に見ろ、すばらしい仕事をするから」

空元気のように言いながら、しかしいつとなく別れわかれになって、月と日は矢のように流れてしまいました。

みんな妻を得て、父親にさえなっています。

友人との待ち合わせ場所に向かっていたときにはわたしはすっかり自分の今の顔を忘れていました。ふと、キャン、キャンという犬のものがなしげな鳴き声が聞こえてきました。

例の娘が、あのみすぼらしい犬を打っているのです。

犬は地にひれ伏すようにして、娘のなすがまま、動こうともしません。娘は、容赦なく手の平で打つと、わっと泣き叫びながら跪《ひざまず》き、犬を抱き寄せました。

数人が黙って見物しています。わたしはいたたまれない気持になり、友人の待っている店へ走っていきました。

その夜は友人と、映画の「白痴」を観る予定でした。娘と犬の姿が目にちらつきながら、友人と映画館をでるころは、少女のことなどすっかり脳裏から去っていました。

「ね、あのころを思いだすだろ」

向かい合ってお茶を飲みながら友人に言われたとき、

「そう、まったくだね」

とわたしは深くうなずいて、しみじみと胸へ流れてくるものを感じました。瞬間あやうく涙がにじみだしさえしたのです。

「ぐずぐずしちゃいられない」

わたしは自分に返すように言いました。そのときです。

友人はちらっとわたしの顔を見て、

「君のわるい噂を聞いたんだけど」

彼の肉厚な、大きな顔が、急にのしかかってくるようでした。
それからのことはよく覚えていません。わたしは彼と別れて、暗い郊外の道をさまよっていました。娘と、娘に打たれながらじっとしていた犬を思いました。あの犬だけが支えでした。

あれは
杉か

黒く盛りあがっている　あれは人か
小さなしみのような

あれは
眼か

死んだあとまで
さびしさがのこってしまっている

そんな杉が
眼が
大勢で
わたしの生きているひつぎを
とりかこむ

ただの譫妄《せん》
でしかない陽の光も
ここでは硬く凝結して
月
になる

決壊に至るまで　あと

わずか
霧が裾野から這いあがってきて、やがてすっぽり体中を包み、わたしは両手を地べたにつきました。四つん這いのまま、わたしの代わりに雨が、俄か雨が林や畑や小道や踏み切りを走っていきました。
感覚の弁がひとつずつひらかれ、わたしはよろこびを感じました。
打たれた犬のように震えました。

二〇〇三年　詩集『箱入豹《はこいりひょう》』

はじめは、すりの男の独白である。語りの時点は、語られているできごとよりもかなりのちになってからだと思われ、そうだとすれば語り手は中年以上、老いているのかもしれない。ここでも全体に寓話めいた雰囲気が感じられるが、できごとは具体的かつ個別的であって、寓話ではない。

男はすりであり、自分の職業倫理のようなものにそれなりの誇りをもって「すりの基本」を説く。しかし、すりであるならば本能的に避けなければならないはずの、標的への同情と衝動的なつぐないの行為がつづいて語られる。これはすりの自意識にとってはゆゆしき事件である。男も語っているように、標的が貧しい少女だからといっていちいち罪の意識にさいなまれ金をにぎらせているようでは、すりとして生きていく資格はない。

ところが読みすすめるうちに、男の視線は少女よりむしろ少女のつれていた犬にひきつけられているのがわかる。耳の垂れたみすぼらしい犬である。すりの男とことばをかわしたときの少女は、「ついてきちゃう」犬を自分の飼い犬だとも言っていないし、それほどの強いむすびつきも見せていない。ところが男は思いがけない偶然によって、少女がこの犬を打ちすえるのを目撃する。そしてその場面は男のこころを激しく揺さぶる。

男はそのすぐあとで、かつて文学を熱く語りあった仲間のひとりと会う。現在の自分を忘れそうになるほど、若き日の理想や情熱が男のこころにいきいきとよみがえる。しかし旧友のひとことは、男を「すりである現在」に急速にひきもどすのである。

ここまでの状況が語りそのままの散文で書かれているのに反して、ここからはいきなり行分けの詩になる。〈あの犬だけが支えでした。〉から〈あれは／杉か〉のあいだはわずか二行ぶんの空白、しかしこの転換は非常に劇的である。

場面がいきなり暗転する。おそらくは、暗くてなにも見えないのだ。しかし暗闇にじっと眼をこらしていると、なにものかが見えているような気になる。そのような見えかたで、人だか木だかもさだかでないものが見える。それはこの世ならぬもの、霊かもののけに近いものであろう。


この世ならぬものたちは「死んだあとまで」のこってしまった「さびしさ」ととらえられている。それにとりかこまれている「わたし」もまた、しっかりと生の側に踏みとどまっているようには見えないのだが、「わたしの生きているひつぎ」とあるので、ひつぎには入っていても意識は生きている、ということなのだろうか。あるいは生き物の生そのものが、ゆるくつくられたひつぎのようなものだということなのかもしれない。井坂洋子の詩には、死んでからも生きているときの姿で動いたり話したりする人（「わたし」もふくめて）がよく出てくるので、生死はいつも判然としない。

「さびしさ」は、杉のような眼のようなものが死後にもちこした（死によっても解消しないほどかたくこごった）さびしさなのだろうが、同時に「わたし」のさびしさであるようにも読める。行分け部分は、前後にある散文部分とはまったく違う書きかたなので、「わたし」のさすものが連続しているのかどうか一読しただけでは確信がもてないが、やはりこの詩の「わたし」はすべてひとつながりの意識とみるべきだろう。すると、すりの（すりとしての）生が「ひつぎ」にたとえられるリアリティーも、よくわかる気がするのだ。それはつねに〈決壊に至るまで　あと／わずか〉の、ぎりぎりの水際を歩くような生なのだろう。

決壊直前のたましいを救ったのは少女ではなく犬である。少女に打ちすえられながら、抵抗もせず逃げもしない犬。その姿が「わたし」の意識を支える。

犬はすりに代わって罰を受けてくれたのだろうか。というよりも、犬が無抵抗で打たれているのを見て、すりは瞬間的に「自分の姿はまさにこれだ。自分はこの犬だ」と知ったのではないか。

見知らぬ人から金をすりとって食べていく人生は、心理的には、まっとうな生きかたをしているだろう標的からひどく打ちすえられるような屈辱的な生き方だとも考えられる。そうだとすれば、すりというのは、世の人々から日々金をすりとるたびに心理的に打ちのめされる「商売」によって、これ以下はない社会の底辺という場所をひきうけ、なにも知らない無垢な人々をささえている存在なのかもしれない。

自分のなかの自分像が揺らぎ変化するとき、人の生や仕事や人間関係などのもつ意味が同時にがらがらと変わってしまう。そのとき「感覚の弁」はいっせいにひらかれ、たましいをうるおすかのような通り雨の走る速度に自分自身のこころを乗せて林や畑や小道や踏み切りを疾走しながら、「わたし」は解放されていく。そしてこの最終部分がまた散文形にもどっているために、読者はやっと、この「わたし」を安心してすりの男と同定することができる。

自分は犬だ。人間であると同時に犬であるのだ。いや、「もともと犬であった自分をやっと思い出した」のである。「わたし」の知ったことをことばにすればそんなふうになるだろう。すくなくとも「わたし」の描く自分像は、はっきりとした人間の輪郭をここで捨てている。われわれの日常生活のことばとして、比喩的に「権力のイヌ」などと言ったりするが、そういう比喩としての犬ではなくて、耳の垂れたみすぼらしいその犬、個別のただ一匹の犬に、「わたし」の自意識はかさなったのである。そしてそれは、ふるえるようなよろこびを「わたし」にもたらしたのだった。

少し余談になるが、この詩の散文形→行分け形→散文形という型式の「のりかえ」は、ていねいに見ておくべきたいせつなところだと思う。詩人（または詩の批評に慣れた評論家）は詩を批評するとき、その詩のなかにあらわれるこのような型式変化を軽視する傾向にあるが、詩を読み慣れない人はこういうところでつまづき、自分には詩は読めないと悲観するのだ。

〈あの犬だけが支えでした。〉と〈あれは／杉か〉のあいだの断絶は見た目よりも重大で、この断絶にすんなり目がついていくようになるには、たくさんの詩を読んで経験をつむしかない。

剣道の達人たちの勝負を見て、いまどちらの剣が早かったかを確実に見てとるには、それ相応の訓練が必要である。見えなかったのなら映像を何度でも巻きもどして「流れ」を確認しなおす、そうやって見る力をきたえていけば、やがて見える。それはセンスの問題ではなくて、見る力さえきたえれば誰でも見えるようになる。反対にいえば、見る力をきたえなければ、人はなにものをも見ることができない。

わざわざ詩の途中で散文形から行分け形に変えたということは、そこでちょっと立ちどまって前後を読みなおしてほしいからでもあるし、それまでの「語り」の表現ではあらわすことのできない、位相の違う内容を行分けの（詩独特の自由さをもった）ことばで示すためでもある。でもそんなことをことさら強調はしないで、そしらぬ顔でつぎのことばをどんどん放りなげてよこす。この詩はそんなふうになっている。

井坂洋子の詩は、やさしくないのである。詩といううつわが可能にする冒険の最前線を、遠慮会釈なく大胆に作品化する。わたしは井坂洋子にそういう印象をもっている。ついてこられる者だけがついてくればいい。そうことばにすると傲慢のようだがそうではなくて、むしろ、ついてくる者の存在を無条件に信じているようなところがある。読者はつねに、井坂洋子に待たれているのである。

この詩の冒頭にもどって、「わたしはすりですが」というところに注目してほしい。すり「だった」のではなくすり「です」と書かれている。つまり、語りの時点でこの男の自意識はまだりっぱにすりなのである。すりとしての危機は、雨のなかで四つん這いになって犬となったあのときに流れ去ったのだ。

井坂洋子がここで描いてみせたのは、「自分像の劇的な変化によってたましいが生きのびる」というドラマだったのだと思う。

不動不変の自分だったら、とっくに自滅している。

「山犬記」は、じつは三つのパートからなる大作である。このあとに「山犬記Ⅱ」「山犬記Ⅲ」がつづく。

「山犬記Ⅱ」では、孤独な暮らしが描かれる。語り手は、「山犬記」のすりと同一人物だとも、そうでないとも、決められない。判断の手がかりにとぼしいのだ。しかし、おなじ「山犬記」というタイトルを冠しているのだから、同一の男だと思って読んでさしつかえはないだろう。
「山犬記Ⅱ」からは一部分だけ引用する。

夜半
畳につけた平べったい耳が鳴る
オ前ガ盗ンダノダロウ
死んだ男が両足にからみついてくる
オレノ作品ダッタノニ
オレノ
コトバダッタノニ
昏《くら》い空から災いの種子《たね》が降る
しゃあない
つぶやく声を聞いている

深いところは
自分でも見えないのだから
しゃあないなあ
なんと頼りない声
その声はわたしのものか
男を激しく突いた足はわたしのものか

「しゃあない」というのは、「俺のことばをお前が盗んだ」と責める男への返答にちがいないのだが（つまり「しゃあない」というのは「わたし」のせりふなのだが）、その声を「わたし」は「聞いている」と書かれている。自意識が分裂している。「わたし」は、声にしろ足にしろ、自分の身体性を自分固有の持ちものだとはすでに思っていないのである。

自分は自分だ、おれは男だ、というような自明性はどこにもない。それは〈深いところは／自分でも見えないのだから〉という男の考えかたにも表れている。こころの深層などというものは、自分でいくらのぞきこんでも見えるものではない、もっと暗くてえたいの知れないものだ、だから「しゃあない」というのである。

ほかの誰とも違う自分というものがあって、それは世界で唯一の存在であり、個性として尊重されなければならない。そのかわりに、人は自分自身を把握し、コントロール下におき、自分のこころに責任をもつという考えかた。それはいまふつうの人が自然に意識する「自分」のありかただろう。でもそれは自明のことではなく、人間の本性でもない。それは社会の秩序をいまのような型式でかたちづくるうえでの、仮の約束事にすぎない。「ほかの誰とも異なる唯一の個性としての自分」はフィクションなので、人が生きていく具体的な場面のあちこちでこまかい破綻が生じる。個人のレベルではなんとかとりつくろえる破綻も、社会のレベルでは思いがけない大きな破綻になることがある。

こうした行きづまりを、この詩は浮き彫りにしてみせる。

不変の自分、ほかの誰ともことなる唯一の自分というものを確立して生きていくのは不自由だ。自分ひとりが不自由なだけではない。みながこのような不変の自分をふりかざして生きると、行きつくところは場所のうばいあい、力の比べあい、屈辱と報復、そんなうんざりする序列の世界である。

自分というものはそのときどきの環境や立場でいくらでも変わる。あるときある場面では自分を抹殺しかねない強敵だった誰かに、またべつの場面ではなさけをかけ、保護してやらねばならないことなどいくらでも起こりうる。きょう差別されて怒りをおぼえた自分はあすになればべつの誰かを無意識に差別する。立場も力関係もすべては流動する。自分をうつす鏡としての相手があってはじめて自分の「人格」はうまれる。自分とは相対的なものであり、その場かぎりのものだ。

こういう思想が女の詩人から出てくることは、きわめて自然なことのように思われた。

もともと、男の詩と女の詩とはどこかが違う。

男の詩や女の詩というカテゴリーをさきに立ててなにかを語るのは好きではないが、両者にはあきらかな手ざわりの違いがある。

例外もあるのは当然のこととしておおまかに言えば、男の書く詩は焦点がシャープで輪郭がはっきりしているものが多い。対して女の書く詩は、やわらかくにじんだりぼやけたりして、焦点が一か所に決まらない感じがある。

男の詩は、「わたし」という語り手が自分自身の輪郭線をきびしくさだめるところからはじまる。「世界」と「自分」との境界線はいつも明確で、どちらがどちらを侵犯することもない。「世界」はつねに「対象」としてとらえられている。つまり、男の詩は「自分対世界」である。「わたし」などの一人称が出てこない詩においてさえ、そこに描写されているのは「対象」としての世界、つまり「自分ではないもの」である。自分自身が描かれていなくても、自分のシルエットが白抜きでそこにうつりこんでいるようなものだ。

それとは対照的に女の詩は、「わたし」の輪郭線がはっきりしない。井坂洋子がバスタブの湯と自分とを「ふたりきり」ととらえたように、生物と無生物の区別さえあいまいであり、「世界」のなかに「自分」は溶けこんでいて、境界はぼやけている。自分自身の像は明確でも不変でもなく、どちらかというと「この場面では仮にこんな姿をとっている」というような自分像が描かれることが多い。世界の一部は自分であり、自分の一部は世界に流れ出ている。他者は自分であり、自分は他者である。そんな独特のゆるさが、女の詩にはある。

これは、男女のもともともっている違い、生き物としての性質の違いによるものではないかと思う。女は産声をあげたそのとき、すでに体内に卵子という「他者の芽」を一生ぶん用意している。だから赤ん坊のころから他者は自分のうちにあるものだし、妊娠すれば現実としての他者が腹のなかに入るのである。

少女のうちに初潮をむかえたとき、早くも女は「自分の体」がいかに自分の持ちものではないかを痛感する。月経も、妊娠も、流産も、分娩も、乳がほとばしることも、すべて女自身の意思とは無関係に、不随意におこる。自分の肉体は自分のコントロール下にはない。つまり自分は自分の肉体のあるじではない。自分は、なにか宇宙的な大いなる意思に使われているただの道具であり、その意味でいくらでもとりかえがきく部品のような存在である。思春期からずっと、そう思い知らされる体験を無数にくりかえしながら、女は自意識をそだてていくのである。

男にとっては、他者はどこまでいっても他者であろう。たしかに男の肉体も他者の芽をふくんではいる。しかし男が自分の精子に「他者性」を実感することは、ほとんどないのではないか。精子は生まれたときからの持ちものではないし、わずかな寿命の消耗品でもある。すぐにあたらしいものが用意できるため、日々惜しげもなく使い捨てていくこともできる。男にとって精子は、他者の萌芽というよりは、日々はえてくるためにどんどん切って捨てていく爪や髪とおなじく、自分の肉体からの離脱物であろう。

だから男は女とは違って、「自分像」の輪郭線をいつも厳密に閉じていられる。男はなにに接しても、どんな状況下でも、「自分」と「自分以外のもの」を峻別しているのだ。そして男は、「ほかの誰でもないこの自分」という自分の個別性をうたがわずに生きるのである。

おそらく、近代的西洋的な自我というものは、男の発想によるものだろう。そして、人間がめいめいに「唯一不変の自分という絶対価値」をもってぶつかりあう世界に限界がきたとしたら、それをのりこえるあたらしい世界像と自分像を示すことができるのは、女である。

山犬記は、夢の話のような不可思議な魅力をたたえて、さいごのパートへとつづく。

山犬記Ⅲ　井坂洋子

裏庭の
ドクダミの葉陰
シジミ蝶が飛んでいる
兄は捕虫網をもっている
疑念のひとつも
湧きようがない兄は九歳で
すねは鋼鉄のよう
かさぶたなどしょっちゅうのことだが
血からは遠く

傷口のほとりに
無傷で佇んでいた
空気は青ぐさかった
かごをさげた下の兄が
後ろについていた

翌年にうまれるはずのわたしは
シジミ蝶といっしょに
白い花のうえを
飛んでいた

○

尾の先つまみあげ
られ、ひとり
おちていったのでした

影が家をつくっている
影におおわれ
うまれてきたのでした
ハハがいました
やさしいハハ、咬むハハでしたが
なめてもくれました

尾のように先、まるまらぬ
わたしは蜜腺をもってうまれました
白いアニがいました黒いアニも
黒いアニと
鼻面なめあって眠りました
家では人間の皮をぬいで休息しました
生きるためにはなにもいらない、ことと
熱いおしぼりと甘言と金と薄闇がほしいのとは
同じことなのです

人の皮を玄関に飾り
アニの見事な
黒い柔らかな脇腹の毛に
顔をうずめ
それが
いつごろまで
いつからか、あの日、わたしひとりでした

声つぶれました、ふたたび
迷い帰れなくなりました
タンスのひきだしが
詰まるくらいに
重ねても
じゅうぶんとは言えない歳月が
通りすぎてしまった
やがて、霜がおりる

川はひからび
月を肩に乗せ
底をつたい歩く
ハハのしおれた蜜腺のもとへ
尾の先はねあげ
ふたたび
まなかいにふぶく白
影におおわれた家よ
人の皮を飾った家よ

二〇〇三年　詩集『箱入豹』

ここではもはや、たましいは人であり犬であり、自在に姿を変えるのでその像を固定することはできなくなっている。捕虫網をもった九歳の兄とかごをさげた下の兄は、白いアニと黒いアニに姿を変え、翌年にうまれることになる自分は、不定形のたましいとして

（あるいは蝶の姿で？）空中に浮遊している。詩という表現形式に映像が付随していないことの強みが存分に発揮され、読者は「わたし」に人の像や犬の像をかさねつつ、「本質的にはなにものでもない自分」というものの存在感をつかむことができる。

こうした「変転する自分」のいる世界には、物語のような大団円は用意されていない。すべては変転のさなかにあり、変転しつづけていくだけだ。

〈尾の先つまみあげ／られ〉という、動作の主体に目をあてさせておいて次の行で客体のほうへいっきにひきこむ二行。〈いつからか、あの日、わたしひとりでした／声つぶれました、ふたたび〉という、洗練のくわえられないたどたどしい発語（語っているのは犬だ、と感じさせる）。そうしたこまかいしかけが、読む者の目をスムーズには進ませていかない。世界のざらざらした手ざわりが、なめらかでないことばに変換されて、生の実感を読む者のこころにしみこませていく。この詩は、なにげないところで〈生きるためにはなにもいらない、ことと／熱いおしぼりと甘言と金と薄闇がほしいのとは／同じことなのです〉と、読む者の胸につめたい刃物をつきつけてもくる。

われわれはすべて、人の世にまじって暮らすために「人の皮」をかぶっているだけで、その本質は人ともいえないような野蛮なものだ。人は人として生まれてくるのではなく、教えられて人になるのであるが、人のかたちをととのえたのは「皮」だけのこと。それはつまり、われわれが強いられてとるどんな姿勢も、ふるまいも、そこにつけられた傷も、すべては「皮」のことにすぎないということではないか。こんなに自由でのびやかな自分像が、ほかにあっただろうか。

しかしそれは、「めでたしめでたし」で終わる物語ではない。悲劇でないかわりに、幸福のまま静止したエンディングもない。

果てなき変転を生きる。

われわれにあたえられた使命は、そういうことなのかもしれない。

力士没落　　井坂洋子

後ろ半分をえぐりとられた屋敷が
さら地を見ている
寒く白い手術の跡地
月光の塩を撒き
じきに引きぬかれる柿の大木を

仕切り線とし
あちらとこちら
向かい合った精霊が
相撲をとる
斃れゆく人たちの
むかしの息づかい
中庭の池を横切る猫の影
吸盤のような足の指で
しんぽの歴史を摑んでいる
つわぶきの配膳
家屋が長く伸びる
けだるい午後
柱時計は鳴らず
立ち働くそれぞれが時計の針だ
居られるところはひとつしかなくて
しかも誰もそこにはいない

あのとき
すでにはらんでいた家の倒壊
相撲中継のはじまる前
幼児《おさなご》は座卓にすわって
未だ行儀のわるさを誇り
茶簞笥のグラスを
選んでいる老いた人の手の甲が
腕の先に
ぶらんと垂れ下がっているのを見ていた
あの手が
一日をかき寄せるわずかな力のことなどを

昭和三年、ラジオの大相撲実況放送開始と同時に仕切りの制限時間が設けられた。それまでは仕切りは無制限で、延々と一時間近くも立たない力士がいたそうだ。

同年、母はその家で生まれた

力士はかつて、尋常ならざるチカラビトとして、この世と神の世とを架橋する存在であった。時間無制限の仕切りとは、神の時間のことであろう。観衆は相撲を見ることで神の声を聴いていたのである。力士のあがる土俵はこの世のものだが、仕切っている時間は神のものである。神がゆるしたタイミングがきてはじめて、両力士は立つ。

ところが、ラジオ中継という人間の下世話な欲望が、大相撲を神の手から強引にうばいとってしまった。中継番組を無制限に延長するわけにいかないという、まことに人間くさいけちな都合によって、力士は神の意思ではなく人のおきてにしたがって立たねばならなくなった。

「しんぽの歴史」が「進歩の歴史」ではなくひらがなで書かれているのは、もちろん皮肉である。力士はそれまでなかば神の領域にいたというのに、神々しいその地位を剝奪されて人のための玩具となりさがった。力士没落とはそういうことだ。いまわたしは、「仕切る」「立つ」は相撲の専門用語であって、日常語としての「仕切る」「立つ」とは意味が違うことをここに説明しておくべきかどうか迷ったのだが、力士が没落していなければそんなことも考える必要はないはずなのだ。
没落した力士は、人の皮をかぶって生きねばならなくなったのだろう。いつしかひとりになって、声もつぶれて、帰る道もわからずに。しかしそれは永遠のことではない。またいつか時がめぐって、力士が神の領域にふたたび片足を踏みいれるときがくるかもしれない。

以下は現実の大相撲の話である。
相撲のうまさでは幕内でも抜きん出た存在である技巧派力士安美錦《あみにしき》は、あるときこう語った。大相撲中継のインタビュアーに「安美錦関はいつも作戦がたくみだが、あすの一番は相手をどう攻めるかということを、いつ、どのように決めるのか」と質問されたその答えである。

作戦は自分では考えません。すべて付け人に考えさせます。自分で考えると、この前あの相手にこうやって勝ったとか、こういう技があの相手には効くんだとか、勝った記憶にどうしてもとらわれてしまう。そうすると考えが硬直するし、「自分が自分が」になってしまって、いい相撲をとれない。だからなにも考えず、付け人の考えた作戦をきいて、自分はただそれを実行にうつすだけです。

優美な髷や着物姿、場面によってこまかく定められた美しい所作など、力士はこの二十一世紀においてさえ、まだ神の時間を生きていたころのなごりをとどめている。もっともよく相撲を知ると評されるものしずかな力士は、自分の技や頭脳をほこる気持ちをいかに捨てるかにこころをくばっている。自分よりも経験がなく技倆もはるかにおとる付け人に、力士にとっては命より大事かもしれないきょうの勝ち星をあずけるのだ。それは、力士がまだ神の声を聴く回路をうしなってはいない証拠ではないか。

力士だけではない。すりの男も、夕刊売りの少女も、企業のなかで力をもちたいとところから願った女たちも、社会のすみの塵だったわたしも、人生のどこかで「人のおきて」の卑小さから遠ざかるタイミングがある。

神が決めるそのタイミングを聴け、自分ひとりのちっぽけな頭がえがく硬直した自分像にこだわるなと、安美錦の相撲も、井坂洋子の詩も、いっている。

「しんぽの歴史」はけっして一直線ではない。

終　章　現代詩はおもしろい

詩とは、けっきょくのところ、なんだろう。

詩とは、あらすじを言うことのできないもの。詩とは、伝達のためのことばではないもの。「なにかでないもの」という言い方ならばできそうだが、「詩とはこれだ」とひとことで言うことはむずかしい。

詩は、雨上がりの路面にできた水たまりや、ベランダから見える鉄塔や、すがたは見えないけれどもとおくから重い音だけひびかせてくる飛行機や、あした切ろうと思って台所に置いてあるフランスパンや、そういうものと似ている。

そういうもろもろの「もの」は、たしかにある状況のなかでは役割や意味をもつものだけれど、いついかなる場合にもその役割や意味をにないつづけているわけではない。意味をはなれて、ただたんに存在しているだけのときもある。そういうときには、われわれはそれらを純粋に視線の対象物としてただ見て、世界の手ざわりを知る。

路面の水たまりを踏まないようにということを、わたしはあまり意識しないで歩く。水たまりははかないもので、短ければ数時間で消えてなくなる。道路のアスファルトの表面にある微妙なへこみのかたちを、水たまりはおしえてくれる。水面に油滴がおちていて、ピンクと緑だけが強調されたようなふしぎな虹色に光っていることもある。

鉄塔はわが家のベランダの真正面にあるわけではないので、はすかいに組まれている鉄骨の一本一本は奥と手前がちょっとずつずれて見え、ひとつひとつことなる菱形や平行四辺形や三角形をいっぱい見せてくれる。背景は雲のながれる空である。

飛行機の音は天候によって、風向きによって、毎日わずかに調子がちがう。雲の上のあのあたりからきこえてくる、と思ってその方向を見るのだが、きっと飛行機は音よりはやくどこかに行ってしまっている。

フランスパンはちらりと視界にはいっただけでも、そのごつごつ、ぱりぱりした表面の手ざわりをかならず思いおこさせる。あしたあれを切ったら、きつね色のかたい皮の内側から、穴だらけの、しろくふわふわしたところが出てくるのだ。ほんのわずかに酸味を感じさせる独特の匂いを、わたしは思い出してみる。

そういう「世界の手ざわり」は、人間のコントロールからこぼれおちているものだ。それらはただ、人間をとりまく環境としてそこにある。わたしは「手ざわり」に囲まれて生き、「手ざわり」から世界の正体を想像して日々をすごす。

詩もまた、そういう手ざわりのひとつだ。

詩を読んでいてうれしいことのひとつは、その詩を読むことではじめて知ったような感情や知覚の微妙なありようを、あとになって実際に体験しなおすことがある、ということである。

つまり詩は、わたしがまだ知っていない「わたしの感じ方」をつくるきっかけになっている。

詩を書く人がはじめに「言いあらわしたいこと」の全貌をこころのなかに用意し、それを技巧をつかってじょうずに伝達するのだとしたら、読むわたしの側にこういう感じ方は生まれないのではないかと思う。その場合そこにあるのは「伝えたい意味内容」の梱包（書く側）と開梱（読む側）であって、余韻がない。

でも詩は、たぶん、「言いあらわしたいこと」より「ことばの美的な運用」が優先されるものなのだ。だから、書いた本人も自分がそんなことを書くなんて思いもよらなかったことが書かれることもあるし、書いた本人だからといってその一篇の詩を完全に読みとけるわけでもない。

このことは、自分が詩を書くようになっていっそうはっきりした。

ただひとつの「言いたいこと」を渾身の叫びのようにして書きつづけるタイプの人もいると思うが、表現者としては短命にならざるをえないだろう。詩にかぎらず、表現にかかわる人ならばみな自覚することだと思うが、表現に苦心する過程で「言いたいこと」はかならず変化してしまうのである。結果として、「自分はこんなことを言ってしまったのか」とおどろくことすらある。

詩を書くとき、人は謙虚になる。自分が自分の表現をすべて把握し、コントロールするということができないからだ。自分の知覚、自分の思考、自分で責任をとれることばを、詩はいつも超えてしまうのである。

二十世紀の人々がつくりだした希望としての「四次元」を、わたしはいま思い出している。

人間はいま世界を、「たて、よこ、おくゆき」の三つの軸でしか把握できない。四番めは時間でしょう、と言う人もいると思うが、アインシュタイン以前、時間と三次元空間とははっきりとべつべつのものであり、同列に考えることはできなかった。

しかし、それでも四次元は「ある」と考えた人が、いろいろなところにいた。物理学者、数学者、最尖端の画家、そして仏教思想の最高知識人たち。

彼らは頭のおかしい野心家だったのではなくて、人類でもっとも謙虚な人たちだったのだと思う。なぜなら、彼らの考えの出発点は、「現在の人類が知っているものごとはかぎられている。いまの人間には知覚できないものが、この世界にはまだまだたくさんあるにちがいない」という確信だったからである。

いま人間が「不可知」とか「想定不能」とか称していることも、より高次元の知覚をもってそれらを見るならば、ごくシンプルで美しい法則によってすべてが説明できてしまうことなのかもしれない。

詩は、こうした高次元の知覚や思考の「予告篇」のようなものだと思う。

いまの人間が、かぎられた知覚や思考で「因果関係」みたいなものを想定し、それですべて説明しつくしてしまえるものではないのだ。

数学者が難問にとりくんでいる最中に、非常にシンプルで美しい式を得たら、かれはその正しさを確信するにちがいない。

おなじように詩人は、詩を書き、推敲し、詩句をひねりまわしている最中に思いがけない美しいことばを得たら、その詩の正しさを確信するのである。それはしばしば、「自分の頭で考えた、みんなに伝えたいこと」などというちっぽけなもくろみをこなごなに破壊する。そうでなくても、自分が書きあらわそうとしたものには、コントロールをのがれた「手ざわり」がかならず付随して、いっしょに伝わってしまう。だから「書いているわたし」という主体性はつねに不安定にゆらいでいる。

詩とはそういうものだ。

いま人間にできることは、謙虚になるきっかけとしての詩に接することだ。理解しようとしてどうしても理解しきれない余白、説明しようとしてどうしても説明しきれない余白の存在を認めること。

そのとき、自分の思いえがく「自分像」は、かぎりなく白紙に近づく。閉ざされていた自分がひらかれる。いまの自分がまだ気づくことのできない美しい法則が、世界のどこかにかくされてあることを意識するようになる。

詩に役割があるとしたら、それだけでいいのだと思う。

あとがき

この本に書いたことは、ずっとこころに思いつづけてきたことです。

第一章は、およそ四半世紀も前に、当時参加していた月刊の詩の同人誌「飾《かざり》粽《ちまき》」に書いた文章がもとになっています。谷川俊太郎「生きる」は中学生には向かない詩だという話です。そのときはなんの反響もなく、わたしの考えはそれきり止まっていましたが、忘れたことはありませんでした。終章の四次元と余白の話は、今年になって「競艇マクール」の連載コラムにはじめて書きました。そのほかの章も、部分的には書評やコラムのなかで書いてきたことがもとになっています。わたしは稼業としてさまざまな種類の文章を書いているつもりでいましたが、そのうらがわで、じつはひとつのことばかり考えてきたのかもしれないと思います。

新書のなかに長い詩を引用する、それも基本的に一篇まるごとを引く、というのは、なかなか度胸のいることでした。詩の批評や書評では、詩の一部分を引用するのがふつうで、まるごとは引きません。そのことにずっと違和感をおぼえてきたので、ここで実験をしたかったのです。

詩は詩集におさめられたかたちのまま引用するのが礼儀ですが、今回はこの本自体が新書判なので、サイズの制約があります。改行位置が変わるのは詩によっては致命的なことにもなりかねず、できれば避けたいところですが、やむをえない場合は、思潮社の「現代詩文庫」シリーズ（二段組み）を参照しました。次善の策ですが、ご了解いただければ幸いです。

講談社現代新書編集部の川治豊成さんに出会えたことが、この本を書くきっかけでした。もっとも尊敬する新書編集者に、この本をつくろうと言ってもらったとき、自分のなかでずっと止まっていたものが動きだしました。的確な助言と力強い励ましによって、川治さんはこの二年間を導いてくださいました。この場をかりてお礼を申し上げます。

二〇一三年春　　　渡邊十絲子

講談社現代新書　2209
今《いま》を生《い》きるための現代詩《げんだいし》
二〇一三年五月二〇日第一刷発行　二〇二五年五月七日第五刷発行
著者　渡邊《わたなべ》十絲《とし》子《こ》
発行者　篠木和久
発行所　株式会社講談社
東京都文京区音羽二丁目一二―二一　郵便番号一一二―八〇〇一
電話　〇三―五三九五―三五二一　編集（現代新書）
〇三―五三九五―五八一七　販売
〇三―五三九五―三六一五　業務
装幀者　中島英樹
印刷所　株式会社ＫＰＳプロダクツ
製本所　株式会社ＫＰＳプロダクツ
定価はカバーに表示してあります　Printed in Japan

N.D.C. 911　206p　18cm
ISBN978-4-06-288209-5

「講談社現代新書」の刊行にあたって

教養は万人が身をもって養い創造すべきものであって、一部の専門家の占有物として、ただ一方的に人々の手もとに配布され伝達されうるものではありません。

しかし、不幸にしてわが国の現状では、教養の重要な養いとなるべき書物は、ほとんど講壇からの天下りや単なる解説に終始し、知識技術を真剣に希求する青少年・学生・一般民衆の根本的な疑問や興味は、けっして十分に答えられ、解きほぐされ、手引きされることがありません。万人の内奥から発した真正の教養への芽ばえが、こうして放置され、むなしく滅びさる運命にゆだねられているのです。

このことは、中・高校だけで教育をおわる人々の成長をはばんでいるだけでなく、大学に進んだり、インテリと目されたりする人々の精神力の健康さえもむしばみ、わが国の文化の実質をまことに脆弱なものにしています。単なる博識以上の根強い思索力・判断力、および確かな技術にささえられた教養を必要とする日本の将来にとって、これは真剣に憂慮されなければならない事態であるといわなければなりません。

わたしたちの「講談社現代新書」は、この事態の克服を意図して計画されたものです。これによってわたしたちは、講壇からの天下りでもなく、単なる解説書でもない、もっぱら万人の魂に生ずる初発的かつ根本的な問題をとらえ、掘り起こし、手引きし、しかも最新の知識への展望を万人に確立させる書物を、新しく世の中に送り出したいと念願しています。

わたしたちは、創業以来民衆を対象とする啓蒙の仕事に専心してきた講談社にとって、これこそもっともふさわしい課題であり、伝統ある出版社としての義務でもあると考えているのです。

一九六四年四月　野間省一